天使は夜に穢《けが》される

雪代鞠絵

幻冬舎ルチル文庫

C O N T E N T S ✦目次✦

天使は夜に穢《けが》される

✦カバーデザイン＝吉野知栄（CoCo.Design）
✦ブックデザイン＝まるか工房

イラスト・旭炬✦

天使は夜に穢される

強い真冬の風の中、ゆっくりとした足取りで叶《かのう》がこちらへ近付いてくる。

アウディの運転席で待機していた久遠《くどう》は、ウィンドウ越しに見える友人のその姿に息を飲んだ。

上等なスーツと、シンプルな形のロングコートを着こなす、堂々とした長身。美術商という職業に相応《ふさわ》しい、華やかかつ傲慢《ごうまん》な雰囲気と、洗練された美貌《びぼう》を持つ友人、叶唯臣《ただおみ》。

仕事の時には他者を射竦《いすく》めるような鋭い光を湛《たた》えている叶の目は、今は彼の腕の中に向けられている。

何故《なぜ》か――叶は腕の中に、制服姿の少年を抱いているのだ。

悠々と微笑しながら、叶は後部座席に乗り込む。少年はぐったりと目を閉じている。意識はないようだった。久遠は悪い予感を押し殺すように、友人に低く問うた。

「何だ、その子供は。どこから連れて来た？」

「可愛いだろう、まだ十六歳だ。抱き上げると羽根枕みたいに軽くて驚いた」

「そんなことは聞いてない。どうして気絶してるんだ」

「薬を嗅《か》がせた。騒がれると面倒だ」

「……さらって来たのか？」

剣呑な口調で尋ねたが、バックミラーに映る叶は唇の端にふてぶてしい微笑を浮かべたまま何も答えない。それが答えだ。

「おい、冗談じゃないぞ。犬猫じゃあるまいし、今すぐもといた場所へ返して来いよ」

俺はこんな犯罪沙汰《ざた》に巻き込まれるのは絶対にごめんだ。

そう言いかけ、背後を振り返った久遠はそのまま息を飲んだ。

叶が抱く子供は確かに愛らしい顔立ちをしていた。目を閉じているせいか、ますますあどけなく見える。白い肌は透明度が高く、くすみ一つない。さらわれた時に悲鳴を上げようとしたのか、少しだけ開いた唇は痛々しいほど可憐《かれん》な薔薇色《ばらいろ》だ。ただ、裕福な家の子弟が通うことで有名な私立校の制服を着ている割には、何か濃い疲労のようなものが頬《ほお》の辺りに漂っているように思える。

そして、久遠が戦慄《せんりつ》したのは——その子供が久遠がよく知る人物にとても似ていたからだ。似ているのだ。叶がさらって来たこの子供は、叶の以前の恋人に。

「叶……お前、まさか……」

「気付いたか。似てるだろう？　晶《あきら》に」

眠る子供の横顔に満足そうな視線を向け、叶はそう言った。

「たまたま仕事帰りに街角で見かけて以来、ずっと目をつけてた。信用調査会社に調べさせたんだが、この子は家族がなくて今は教会の養護施設で暮らしてるらしい。年下の子供たちの面倒を見て、粗食だ清貧だ奉仕活動だって慎ましい生活を送ってるんだ。学校には奨学金を貰《もら》って通ってる。可愛い上に、辛抱強くて頭もいい」

すこぶる上機嫌だ。普段の恋愛や乱交で、こんな年下の子供は叶の興味の範囲外だったはずだ。しかし今、叶はカシミアのコートで意識のない子供をすっぽりと包《くる》んでやり、指先で愛《いと》しそうに頬に触れている。

少年の首から下げていた銀の十字架がさらりと音を立てて、薄い胸を滑った。神様の下《もと》で生活しているというのは、本当らしい。叶がしていることは、まさに神をも恐れぬ所業ということになるのだろう。

久遠はスーツの胸ポケットから煙草《たばこ》を取り出し、火を点《つ》けた。指がすっかり冷えていた。

この友人とは高校時代からもう十年以上の付き合いになる。だから久遠は知っていた。優雅で知的な容貌からは到底想像もつかないが、この友人は恐ろしく大胆だ。そして冷酷でもある。若くしてすでに外国の貴族や大企業とやりとりするような、美術界で並々ならぬ成功を収めているのは、ただ漫然と代々のコネクションを受け継いだからだけではない。

叶はいったん欲しいと思ったら、モノでもヒトでも、何でも手に入れようとする。優雅な笑顔の裏で狡猾《こうかつ》な策略を打ち立て、他人から恨まれることに痛痒《つうよう》を感じない。

晶を「失って」からは、その非情ぶりにいっそう拍車がかかったようだ。

久遠は友人として何度となく苦言を呈《てい》してきたが、その度に叶は肩を竦め、笑っていた。さすがに医者は厳しい。晶がいる時からお前には叱《しか》られてばかりだな、と、口先だけの反省を見せていた。

しかし、まさか子供を――誘拐するなんて。

「こんなことをしたって、晶は帰って来ない。分かってるのか」

「分かってるさ。だけど俺は、今でも晶を愛してる。俺はただ、晶をめちゃくちゃに愛したいんだ。もうどんなことがあっても逃がさない。たとえ死ぬって方法であったとしてもな」

ややふざけたような口調には明らかに含みを感じて、久遠は押し黙る。

「車を出せ、久遠」

叶は短く、しかし傲然《ごうぜん》とそう告げた。久遠はバックミラー越しに、数拍、友人を睨《にら》み付けた。

「気は確かなのか、お前」

「俺の正気を疑ってるのか？」

そうだ、お前は正気じゃない。晶がいた時から。自分に人として重大な欠点があることを、決して顧《かえり》みることはなかった。だからお前は晶を「失った」んだ。だが久遠はその言葉を飲み込んだ。

「――どうなっても、俺は知らんぞ」

久遠は毒づいて、アクセルを踏んだ。

久遠自身も、友人の言葉に容易に振り回されるような繊弱《せんじゃく》な男ではない。格闘家のようだと言われるいかつい容姿同様、豪胆《ごうたん》で、些細《ささい》な出来事には動じない性格だ。

しかし今、ここで叶と言い争っても徒労に終わるということもよく分かっている。

先ほど目にした、少年の十字架が脳裏に浮かぶ。もうじき十二月十九日。その日が近付いている。叶の恋人、晶が「死んだ」——のはクリスマスに近い、この時期だった。きっと何かが起こると、久遠も内心、予感していた気がする。

「心配しなくても、俺は誘拐してこの子を虐待するなんて一言も言ってない。歳《とし》の差があってもこんなに似てるんだ。晶と同じ歳になればきっと瓜《うり》二つになる。それを間近で見ていてやりたいんだ。第一、こんなにも可愛いこの子が神様の下で質素に、清潔に生活してるだけじゃもったいない。俺はこの子を、もっともっと、めちゃくちゃに愛してやりたい」

晶として。最愛の恋人として。少年の長い睫《まつげ》に、キスを落とす。

これから異常な愛情の犠牲となる子供は、今は安らかな表情で目を閉じている。

「この子は今日から、俺の『晶』だ」

校門を抜けると、五時を知らせる鐘が聞こえる。

大変だ。急いで教会に帰らなきゃ。

放課後の教室で、物理のグループ課題を解いていてすっかり遅くなってしまった。先に帰るけどごめんなさい、と頭を下げると同じグループのクラスメイトたちは快く許してくれた。佐智《さち》――沢村《さわむら》佐智の事情は教室でもとうに周知だ。ミッション系の私学なので、キリスト教の洗礼を受けている級友もたくさんいるし、もともと素直で一生懸命な性格も幸いして、いじめや偏見を受けることもなく、佐智は平穏な学園生活を送っている。

とはいえ、普通の高校二年生より遥《はる》かに多忙なのは本当だ。

教会に帰ったら、ボランティアの人たちがもう作業を始めているはずだ。十六歳の佐智に出来ることはまだ多くはないが、隣接された施設で暮らす小さな子供たちのための食事の手伝いと、風呂の用意は佐智の役目だ。

それから明日は朝に礼拝のある木曜日だから、祭壇の掃除もしておかなきゃいけない。夜、皆が寝付いたら学校の勉強をして。学校からは奨学金を貰っているから、成績を下げることは絶対に出来ない。やることはいくらでもある。

「ひゃー、さむーい」

びゅうと強い風が吹いて、化繊のマフラーに顎《あご》を埋《うず》め、古い手袋を擦《こす》り合わせながら佐智は悲鳴を上げた。

肺がきんと凍り付くような、透き通った匂いがする。今日は雪になりそうだ。

明日の朝の礼拝は、年少の子供たちはぐずって嫌がるだろうな。きっと全員を寝床から起こすのに一苦労だ。

だけど、もうじきクリスマスだ。いい子にしないとサンタクロースが来てくれないよ、と一年に一時期しか使えない脅し文句が使える。ちょっとずるいかもしれないけど、その脅し文句が効果抜群なのは、佐智自身も教会で育っているので経験上知っている。

駅への近道を選びながら、赤煉瓦《あかれんが》の通りをひた走る。近くに高級住宅街があるため、左右は外資系の食料品店やブティックが立ち並ぶ洒落《しゃれ》た商店街だ。

寒いせいか、通学路を外れると人通りはほとんどない。時折高価そうな外国車が通り過ぎるだけだ。

佐智は商店街の一軒の前でふと足を止めた。

いけないいけない、と思いながら、ついついショーウィンドウのガラスに手袋をはめた手を添えて、ディスプレイを覗《のぞ》き込んだ。舶来物の貴金属を扱う宝飾店だ。

佐智はほう、と溜息《ためいき》をついた。

可愛いなあ。綺麗《きれい》だな。

ガラスの向こうでは、蜂蜜色《はちみついろ》のスポットライトを受けて、煌《きら》びやかな宝石をぶら下げた天使たちが、ラッパを吹き鳴らし行進している。その後ろに、本物か作り物か分からないが、三段重ねのデコレーションケーキが飾られている。最上段には雪が降り積もった小さな山小屋が置かれ、二段目や三段目の側面に、色とりどりのフルーツが埋め込まれてとても華やかだ。

——おいしそう。

佐智はもう十六歳になる。しかし子供の頃からあまり甘いお菓子を食べてこなかったせいか、今でも甘いものにはついつい惹《ひ》かれてしまう。教会では、月に一度まとめて行われる子供たちの誕生パーティーや、大きなイベントでもない限りケーキなんて食べられない。粗食が基本の教会ではそれは当然のことだと思うので、佐智は特に不満には思っていないが、こうしてたっぷりとしたケーキを見ると、やっぱり喉《のど》がこくんと鳴ってしまう。

夢中になった佐智は、ついつい膝に鞄《かばん》を抱え、しゃがみ込んでショーウィンドウに見入っていた。

ふと、ガラスの向こうのケーキに影が落ちる。隣に人の気配を感じて、佐智は顔を上げた。いつの間にか、佐智の隣には男が立っていた。上質なスーツに濃紺のカシミアのコートを着た男だ。佐智は目を見開いた。その男がまるで今、神様が空から遣わせたかのような大変な美形だったからだ。三十代初めだろうか。薄暗闇にいて、漆黒《しっこく》の髪と瞳が際立っている。男らしい顎のラインに、切れ長の目は知性的な雰囲気を醸し出していた。そして堂々とした、均整の取れた長身——あまりの完璧《かんぺき》さに、奇妙な威圧感さえ覚える。佐智の周囲にはあまりいない、大人の男だった。

佐智は慌てて立ち上がった。

「あ、あのすいません。ケーキがおいしそうだったから、つい」

このお店の関係者だと思ったのだ。宝飾店のショーウィンドウにべったりと子供が張り付いていたので不審がられたのかもしれない。

しかし、男は佐智を咎《とが》めることはなかった。佐智の狼狽《ろうばい》ぶりに優しく微笑して、よく見てごらん、とガラスの向こうを指差す。

「残念だけどこれは作り物だよ。果物の部分に宝石が使ってある。クリームは白絹《しらぎぬ》だ」

「……ほんとだ、作り物なんだ」

佐智はショーウィンドウにぎゅうぎゅうと額《ひたい》を寄せてケーキを凝視した。よく考えればこのお店は洋菓子店ではなくて、宝飾店なのだからケーキが作り物でも当然と言えば当然だが、少し残念だった。

教会の子供たちだって、宝石や絹より苺《いちご》やクリームの方がずっと喜ぶはずだ。とはいえ、作り物でも本物でも、こんなお店で買い物をするお金なんて、佐智は持っていないのだが。

「ケーキが好きなのかな」

男は穏やかに、佐智に問うた。佐智は口ごもって真っ赤になってしまう。ケーキを眺める自分はよっぽど物欲しげな顔をしていたらしい。

「違います、あの、ただディスプレイが綺麗だったから。もうじきクリスマスなんだなって思って、それだけです」

「買ってあげようか」

「……え？」

「君に。この店ごと、全部買ってあげようか」

「ええ？」

佐智は、ぽかんと男の横顔を見上げていた。

「あのルビーのピアスはいい。きっと君に似合う。色が白いから、赤が映えるよ」

佐智はもともと警戒心が強い方ではない。教会では人を疑うことは罪悪だと教わっている。だから、突然親し気に話しかけて来た男を不審だとはまるで思わなかった。寧《むし》ろ、佐智が何か聞き間違いをしているのではないか。

そう思わせるほど、男の瞳はごく真摯《しんし》で、その口調は淡々としていたのだ。

佐智は二、三度瞬《まばた》きして、それから我に返った。

「あの、もう行きます」

慌てて立ち上がる。時間がない。こんなところで作り物のケーキに見惚《みと》れている場合ではなかった。早く教会に帰らなきゃ、神父様だってお困りだろう。

「神様を、信じてるか？」

不意にそう尋ねられた。

男の黒い瞳は佐智の胸元を見ている。佐智が首から下げた十字架が、マフラーを巻いた襟《えり》元《もと》から覗いていたのだ。日本では無信仰の人が多い。佐智のような少年が、十字架を身に着けているのが物珍しいのかもしれない。

教会に早く帰ろうと思う一方で、聞かれていることを無視する無作法も出来ない。

「あ、これ……俺、教会で生活してるので。もう首から下げるのが、習慣みたいになってるんです」

「知ってるよ。君が住んでるところに行ったことがあるから」

「え……？」

「街外れにある教会だ。古くて、小さかった。君は施設の子供たちに囲まれて一生懸命働いてた。粗末な服を着て、粗末な食事をして。ご家族を一度に事故で亡くして以来、ずっとあの教会にいるそうだな」

男の口調はごく明瞭《めいりょう》だ。コートのポケットに手を入れ、相変わらず、悠然と微笑している。

だから佐智は彼がどれほど不可思議なことを言っているか、咄嗟《とっさ》に気付かなかった。

手を取られ、まるで姫君にでもするかのように指先に口付けられるのを、呆然《ぼうぜん》と見ている。

「十字架で身を守る必要は何一つない。君はもっと贅沢《ぜいたく》に、大切にされて生きるべき人間だ」

意味が分からない。

ただ、この男は、佐智のことをとてもよく知っているらしい。

佐智が彼の名前さえ知らないにもかかわらず、だ。

自分を見下ろすその黒い瞳に佐智はやっと、漠然とながら得体の知れない不安を感じて、数歩後ずさった。

そして踵《きびす》を返したその瞬間、背後から抱き竦められる。あっと思う間もなく、宝飾店の脇の路地に引き摺《ず》り込まれ、悲鳴を上げようとした唇に、素早く濡《ぬ》れた布地を押し付けられる。

大きく息を吸い込むと、胸の奥がすうっと冷えた。

「…………」

夏の草原に迷い込んだような、苦い香り。一瞬で視界がぶれる。

――どうして――?

そのまま意識が遠ざかった。


――頭が痛い。それに、とても喉が渇いていた。

「――晶」

誰かが佐智の上半身を抱き起こす。首の下に手を添えられ、力ない体をしっかりと支えてくれる。それから唇に柔らかく、濡れた感触が押し当てられた。睫の先に、他人の頬の温かさを感じる。

じんわりと冷たい液体が唇を湿らせる。

口移しに何かを飲まされている。キス、という連想もなく、すっかり渇いていた佐智は自分を支える相手の逞《たくま》しい胸に手の平を添えて、口に含まされた液体を無心に飲み下した。

水とは少し違う。蜂蜜を水で薄め、レモンを搾《しぼ》ったような甘酸っぱい液体だ。冷えていて、とてもおいしい。

「……………ん、んく………っ」

ほっ、と息をつくと、佐智を抱く男が、低く、優しく囁《ささや》きかけた。

「いい子だ晶。もっと薬を飲みなさい」

「ん………」

薬？　今の甘い飲み物は薬だったんだろうか。どうして、薬を飲まなきゃいけないんだろう？　佐智は病気にかかってしまったんだろうか。だから体がこんなにも重くて、怠《だる》いんだろうか。まるで高熱があるみたいに手足が上手《うま》く動かなくて、佐智は半身をぐったりと誰かに預けている。

それに晶って？　それは佐智の名前じゃない。

けれどその疑問は口にすることが出来なかった。再びゆっくりと、男が佐智に口付けたからだ。

「………っん」

飲み物を飲ませてくれたさっきの口付けとは何だか違う。力の入らない歯列を割り、無防備な口腔には温《ぬる》く柔らかな塊が大胆に忍び込む。男の舌だ。

軽く唇を合わせるキスでさえ、今初めて知った佐智は、驚愕《きょうがく》に喉を引きつらせる。

「ん、ん、イヤ……、ゃ………っ」

「いい子だ。上を向いてごらん」

後頭部を大きな手のひらで包み込まれ、少し角度を変えて、またキスされる。力ない舌を搦《から》めとられて、ちゅ、ちゅ、と音を立てながら唇で扱《しご》かれる。

「あん……ふ、っ………」

唾液に混じり、熱っぽい溜息が零《こぼ》れ落ちた。

頭の芯が痺《しび》れてぼうっとする。息苦しいばかりでなく、扱かれる度にだんだん呼吸が弾む。唾液に塗《まみ》れて蕩《とろ》け切った舌先を甘嚙《あまが》みされると、どうしてかじんと下肢が痺れた。

「あ……っ？　あ……」

その際どい感覚は、性的な知識に乏しい佐智にはあまり馴染《なじ》みがないものだが、とてもいけないものだということはちゃんと分かる。

教会で、佐智は何度となく神父様に教えられて来た。佐智のような子供がしてはいけないことや、知ってはいけないこと。これは明らかに、懺悔《ざんげ》と罰が必要な行為だった。

それなのに、男の舌先は意地悪く佐智の口腔をかき回す。しっかりと顎を捕らえられ、飲み下せない唾液が口の端から零れ落ちて喉元を伝った。

「………っ、んん……、ん」

どうして、こんなことをされるのだろう。傍《そば》にいる、この男はいったい誰なのだろう？

一度かぶりを振って薄《う》っすら目を開けると、周囲は蜂蜜色のサイドランプが照らす薄暗闇だった。そして佐智が横たわっているのは広いベッドだ。まるで映画で見た外国の貴族が眠るような、豪奢《ごうしゃ》な天蓋《てんがい》がついている。

ここはどこ？　いったい、どうしてこんなところにいるんだろう。

どうして手足が上手く動かないんだろう？

そして、佐智は自分の状態に気付いて愕然《がくぜん》とした。全身に異様な心許《こころもと》なさを感じると思ったら――佐智は一糸纏《いっしまと》わぬ姿にされていたのだ。

「……な、………ど………して……っ」

佐智は羞恥《しゅうち》に真っ赤になった。怯《おび》えて体を射竦ませる佐智を、男が愛しそうに見下ろしている。

シャツのボタンをしどけなく三つ開けて、ゆったりと微笑している。その美しい、吸い込まれそうな漆黒の瞳には見覚えがあった。

そうだ。佐智は確か、学校帰りにこの男に声をかけられた。

宝飾店のショーウィンドウに見惚れていた時に話しかけて来た、背の高い、酷《ひど》く端正な顔立ちの男だった。背後からいきなり薬を嗅がされ、失神させられて――――それから、恐らくここに運び込まれた。佐智はこの男に拉致《らち》されたのだ。

「どうして……ど――――し、て…………？」

佐智は涙をいっぱいに溜《た》めた目で訴えた。男の指が頬に触れる。怯え切っていた佐智はひっと息を飲んだ。

「誰？　だれ、イヤ……も、触らないで…………っ」

「唯臣、だ。晶。怖がらなくていい。お前を傷付けるようなことは、もう絶対にしないつもりだ」

唯臣――――それがこの男の名前だろうか？

知っているかどうかちゃんと考えようと思うのに、どうして自分がさらわれたのか、ちゃんと考えようと思うのに。伸《の》しかかる男に耳朶《じだ》を噛まれ、耳の形に沿って舌先でくすぐられる。思いも寄らない場所を濡らされて、際どい感覚に佐智は体を捩《よじ》らせる。

「ああ…、ぁ………っ、いや………！」

「気持ちいいのか？　薬が少し多かったかもしれないが……お前はもともと、感度がいいからな」

薬――――先ほど飲まされた液体が媚薬《びやく》と呼ばれる類《たぐい》のものであることなど、佐智に分かるわけもない。ただ、錆《さ》び付いたように動かない手足とは裏腹に、素肌の感覚ばかりが鋭敏になりつつある。

炎で焼かれて、皮膚が一枚剝《む》かれたみたいに、男の衣服と擦れ合う感触にさえ佐智は悩ましく吐息を乱した。

「……はぁ、…っはぁ、…………っ！」

大きな手のひらが、慰めるように佐智の瘦《や》せた薄い胸を上下している。

「……どきどきしてるな。そんなに俺が怖いか？」

その手は、胸から脇腹、腹へと徐々に下半身へ向かっている。淡い下ばえに男の長い指が絡《から》んだ時、尋常ならざる気配を感じて、佐智は泣きながらかぶりを振った。

「そこ……な、に……、なに、す……」

「何を今更。何度も何度もここを可愛がってやったろう？　お前はその度に、この辺りをびしょびしょに濡らして泣いて悦《よろこ》んだ」

「………ちが……っ」

そんなの違う。佐智はそんな破廉恥《はれんち》なことは、したことがない。酷い誹《そし》りを受けた気がして、泣きじゃくりながら、佐智はやっと気付いた。

やっと分かった。佐智は、他の誰かと間違えられているのだ。

こんな行為に狎《な》れ、当然のように受け入れることが出来る誰か――晶、と呼ばれる誰かと。

「ちがう…………、ひ、……とち、………ん」

もつれる舌で、泣き腫《は》らした目で、佐智は必死で訴えた。完全な、人違いなのだと。

「ちが……、俺、ちが、う………——」

けれど男はたどたどしい佐智の言葉など気にも留めない。

「何が違う？　忘れたっていうことか？　じゃあ思い出させてやろうか」

「………あっ……」

「……お前がどれだけ淫乱だったか、思い出させてやる」

立てた膝に手をかけられた。抵抗する間もなく、左右に限界まで大きく割り裂かれる。まだ大人になり切っていない佐智の体は肉も関節もとても柔らかく、焦燥と恐怖とは裏腹に、乱暴にされても大きく開き切ってしまうのだ。

汗で濡れた内腿《うちもも》も、萎《な》え切っている幼い性器も、その後ろにあるマシュマロのように柔らかな塊も。佐智の股間は、完全に陵辱者《りょうじょくしゃ》の視線に晒《さら》されてしまった。

「い、イヤ……ぁ……っ」

男は開脚した佐智の股間の、一番奥をじっくりと眺めていた。『晶』という誰かとして佐智を扱う彼は、当然の所有権を持つように、佐智の体の秘密を暴いていく。

「——相変わらず、お前のここは可愛い。今からもっともっと可愛くしてやろう」

佐智の内腿に何度もキスして、男は、ベッドサイドの引き出しから何かを取り出した。

歯磨き粉ほどの大きさの透明なチューブだ。細かな気泡がたくさん浮いた桃色のゼリーが入っている。そんなものにさえ、佐智はうろたえ、怯える。

「なに、な、にそれ……………っ?」

「いつものジェルだ。中で蕩けて具合がよくなる。お前の体に傷を付けるわけにはいかないからな」

男は再び佐智を組み敷き、こめかみや頬に何度も何度もキスする。これまでの愛撫とは裏腹に、その唇の感触はとても優しい。大きな注射をされる前の子供にするような甘やかし方に、佐智は本能で、今からとても酷いことをされるのだと悟った。

「あっ………!」

次の瞬間、思いも寄らない場所に冷たい感触があった。佐智の脚の間の一番奥——佐智自身も必要な時にしか触れない、秘密の蕾《つぼみ》に何かとろりとした冷たいものが触れたのだ。

「………いやああっ!　やだ………!」

ジェルで濡らした男の指だった。桃色のジェルが、佐智の蕾に塗り付けられている。

「ひ……やめてください、やめて…………っ!　おねがいです!　俺、あなたのこと知らないです、……ひとちがいなんです……!」

「馬鹿だな、泣かなくていい。痛くはないだろう?」

「イヤっ!　………ああっ」

男の狎れた指が、淫《みだ》らに動き始めた。排泄器官である丸い筋肉の形を知らしめるように、まあるく、何度も円を描いている。細かな襞《ひだ》がふっくらとふやけるまで、ジェルは何度も何度も注ぎ足され、その度に冷たい感触が佐智の貧相な腹筋を戦慄《わなな》かせる。

いやだ、いやだ。怖い。

佐智はこんなことは知らない。こんなこと、したことがない。

たとえ人違いでも、こんなことをしたら、神様のもとに——教会に帰れなくなってしまう。

泣きじゃくる佐智は、けれど不意に息を詰めた。

「……あぅ…………っ?」

怯えたように萎えていた性器を、大きな手のひらで包み込まれたのだ。そうして、未成熟な性器には相応しくない、猥《みだ》りがわしい手付きで扱かれる。

「……泣き止《や》まないなら、先にこっちからにしようか」

「あ、ああっ? あ…………っ」

手のひらは、佐智の呼吸に合わせ、ゆっくりと上下に動く。時折、親指の腹で先端の窪《くぼ》みを抉《えぐ》られ、佐智は小さな悲鳴を上げた。巧みな愛撫に、痺れるような感覚が下半身を熱っぽく包み込む。

その感覚に、佐智は目を見開いて戦《おのの》く。発育不良でいつまで経《た》っても小柄な佐智のそこは、体と同じくまだ子供そのものだ。しかし、こんな、尻の入口を指で弄《いじく》り回されているような状況でも、性器を直接愛撫されればやっぱりどうしても、気持ちがよくなってしまう。

「うん、ん……イヤ……」

不本意な快楽に、真っ赤になっている佐智に、男は優しく尋ねた。

「……気持ちがいいのか？」

「……ちがう……も、ん、こんなの、きらい……！」

「そうか。まだ足りないか」

男は鷹揚《おうよう》に笑う。余裕でいるのは、頑《かたく》なな子供を籠絡《ろうらく》させることは彼にとって造作もないことだからだ。佐智の性器を手のひらで扱きながら、勃起の具合を間近で確認するように顔を寄せる。

「……や」

そして、その先端に――口付けた。

「ひぁ、……あ、ダメ……！」

柔らかい衝撃に、佐智の筋張った足がシーツの上で、ぴん、と伸び切った。

性器の先端でわだかまっていた薄い薄い皮膚が押し下げられると、やがて秘密の粘膜が現れる。大人としての括《くび》れはまだきちんと形成されておらず、つるんと剝き出しになったそこはまだ弱く、とても敏感だ。男はその清らかなピンク色にふと微笑したようだった。

「可愛い色だ」

濡れた窪みにキスすると、そのまま深々と口淫を施す。

「あ――――っ‼」

頭の中が真っ白になるような強烈な快感だった。拒絶の悲鳴さえ、もう上げられない。

これ以上なく敏感な粘膜と、男の舌のざらついた表面が擦れ合う。長い部分に絡み付き、搾り上げるように締め上げてくる。

佐智は体をくねらせ、縋《すが》り付くようにシーツをつかんだ。

「あ……あ、ふっ………、んあぁ――――……っ！」

口淫にすっかり感じて、先端からいくらでも溢《あふ》れ出る佐智の熱い雫《しずく》を、男は巧みに舌先を使ってぴちゃぴちゃとすくい上げている。その度に腰をがくがく揺らしながら、佐智はだんだん自分の声が甘く尾を引き始めているのに気付いた。

警戒心で強張《こわば》っていた体と心が、身に余るほどの快楽を与えられて徐々に緩み出している。

「いい子だ。これが気に入ったみたいだな。そのままずっと感じてるといい」

「いやあ、ぁ――――っ！」

フェラチオの快感に身悶《みもだ》えしてる隙《すき》をついて、ジェルに塗れた指が少しだけ、佐智の中にもぐり込んだのだ。

「ふ、あ……あぁ、………っん………」

「お前はここが大好きだったろう？　前を舐《な》めながら後ろを同時にかき回してやるのが、一番好きだったはずだ」

「――――やぁ……ん、あ………」

最初は浅い場所をゆるゆると前後していた男の指が、ほんの少しずつ、だけど確かな感覚をもって佐智の内部を犯し始める。

「ふ、………あぁぁん……っ」

その動きは少しずつ滑《なめ》らかになって、きちきちに締まっていた内壁は、ジェルの滑《ぬめ》りに懐柔され、やがて男を受け入れていく。唇で愛撫されている性器も十分に勃起し、透明な先走りで先端はもうどろどろだ。

強烈な口淫と同時に、蕾をたっぷりと解かれていく。

男の言葉の通り、その愛撫はとても、とても気持ちがよかった。やがてしっかりと硬さのある指が二本、完璧に根元まで収められた頃、佐智の悲鳴は甘いすすり泣きに変わっていた。

「あ……っ、ん、や……だめぇ……」

男の指がゆっくりとグラインドするごとに、ぐちゅぐちゅ、という水音が聞こえ、同時に体の内側に火を灯《とも》されたかのような強烈な感覚が生まれる。体内が、どうしようもなく、蕩けていく。

「あっん………、ぁふ……っ」

「中がもう蕩けてきた。最初は怒ってたのに、随分機嫌が直ったみたいだな。こっちも上機嫌だ」

ずっとフェラチオを受け、はちきれんばかりになっている性器をぺろりと舐め上げられる。同時に、とろとろに蕩けている蕾に深く、指を再び奥まで咥《くわ》え込まされて——その瞬間が佐智の限界だった。

「あぁ、……あぁ………っ！」

滅多にしない自慰での射精など、比べ物にもならない。熱い体液が、勃起した性器から一気に迸《ほとばし》るのを感じた。

初めて体験するにはあまりにも壮絶な絶頂感だった。

汗まみれで、茫然自失《ぼうぜんじしつ》でいる佐智に、男はまた長く深いキスをした。

そして、着ていたシャツを脱ぎ、裸になる。シャツの下に隠されていた、完璧な男の体軀《たいく》。その中央に、雄々《おお》しい屹立《きつりつ》を佐智ははっきりと見た。

「…………あ……っ」

それが、佐智の嬌態《きょうたい》を見て、佐智が欲しくて、そんな風になっているなんて分からなかった。ただ、それがとても惨《むご》い方法で佐智をいじめる凶器であることは、何故かちゃんと分かっていた。

やめて、お願いです、お願いだからとすすり泣きながら、未《ま》だ上手く動かない体をベッドの上方へ後ずさりさせる。しかしその足首は易々とつかまれ、すぐさまベッドの中央に引き摺り戻されてしまった。

「…………イヤイヤっ！　…………さわらないでっ！」

「何を怖がってる。さっきは感じただろ？　晶」

感じただろう？

佐智の罪を問うように、男はそう笑った。何度嫌だと言ったとしても、人違いであったとしても。あんな風に甘い声を上げて感じて、恥ずかしげもなく射精したのは――佐智自身だと。

「ごめんなさい、ごめんなさい……」

佐智は泣きながら、必死になって謝った。

もしかしたら、これは何かの罰なのだろうか。

佐智の神様へのご奉仕は、まだ足りなかったのだろうか。だから今から、佐智は酷いお仕置きを受けるのだろうか。

「おねがい、ゆるしてください……！　ごめんなさい………っ！」

教会に帰ったら、もっと、もっと、もっと頑張って働くから。祭壇のマリア様に、何度もお祈りをするから。けれど佐智のそんな思いは一切無意味だった。

男に易々と組み敷かれる。

解剖される蛙《かえる》みたいに仰向《あおむ》けにされて、足をVの字に、いっぱいいっぱいに広げられる。そこを、男の腰が無遠慮に割り裂く。足首がつかまれ、膝頭《ひざがしら》が肩につくほどに折り曲げられてしまう。何とか逃げようとばたつかせた二の腕もきつく拘束される。どれほど酷いことをしても、佐智が決して逃げ出せないように。

「おねがい、たすけて…………っ」

無慈悲な男に、佐智は何度も何度も哀願した。もしかしたら、許してくれるかもしれないと思ったから。こんな惨いことが起こるなんてどうしても信じられなかったから。

しかし男は笑ったまま何も答えない。美しい男。夜に降り立ち、人を惑わす悪魔みたいに。

「怖い、こわい……こわ、い…………！」

あまりの恐怖に全身を震わせ、涙で顔をぐしゃぐしゃにしている佐智の汗ばんだ額に男が口付ける。

愛しそうに。慈愛に満ちた仕草で。

「愛してる、晶」

たっぷりと濡らされ、慣らされた佐智の秘密の入口に、何か熱い、確実な質量を持つものが押し当てられた。その濡れた先端が、佐智の潤んだ蕾を弄《もてあそ》ぶように何度か擦り付けられる。くちゅくちゅ、と水遊びをするような音とは裏腹の凶悪な気配に、佐智は鳥肌を立てて体を震わせた。

「たすけて、たすけて………っ」

男がいっそう体重をかけ、股間が割り裂かれる。やがて、灼熱《しゃくねつ》の杭《くい》が、佐智の中に突き立てられた。

「いや――――あああッ‼」

衝撃に、佐智は目を見開いて絶叫した。その声も果て、喉の奥からただひゅうひゅうと、断末魔のような呼吸が漏《も》れる。

「……ひっ、あ……ァ……！」

「晶。ちゃんと呼吸をして、俺が入っている場所の力を抜いてごらん」

佐智は泣きじゃくりながら、イヤイヤと首を振った。そんなの出来ない。出来ない。指と、男の性器とはまったく重量が違った。熱い。痛い。痛くて苦しい。

「たすけて、たすけて……かみさま……っ」

中心を貫《つらぬ》かれて、佐智は半狂乱で救いを求めた。心を込めて祈れば、神様の慈《いつく》しみ深い手が自分たちを救ってくれる。ずっとそう信じていた。

けれど、佐智の純潔を奪ったこの男は、神様などまったく恐れていない。

「もう神様は忘れなさい。俺が、お前の神だ」

「あ、はあっ！　はぁ…っ！」

ぐちゅ、ぐちゅ、と男を受け入れている小さな唇が水音を立てている。たっぷりと注がれたジェルが、男の律動に合わせて溢れ、滴《したた》っている。

初めて他人を受け入れたその衝撃に、徐々に意識が遠ざかるのを感じた。


一生懸命働けば、きっと幸せになれると神父様は言った。

佐智が父と母、兄を亡くしたのは小学校三年生、九歳の時だった。家族旅行の最中に、高速道路での事故に巻き込まれたのだ。

身寄りがなかった佐智はキリスト教の教会に隣接された施設に引き取られた。

老齢で信心深い神父と教会に仕える数人の信者、それから二十数人の子供たちが暮らす施設だ。

清貧を志し、贅沢や甘えが一切許されない生活は子供には辛《つら》く、血が繋《つな》がった家族がいないことが寂しくて、佐智も最初の頃は毎日泣いて過ごした。それでもやがて祈りの言葉を覚え、御救《みすく》いを待つ希望を知った。泣いて過ごす夜も、やがてなくなった。

義務教育を終えた佐智は、本当はすぐに社会に出るはずだったが、中学校での成績が抜群に良かったので、高校は奨学金を貰って教会近くの有名私立校に通うことになった。しかし奨学金を支給されても生活費や住む場所を提供してもらえるわけではない。神父に相談し、奉仕活動をするという条件で、これまで通り教会で生活することになった。

朝は五時に起きて礼拝堂を掃除し、子供たちの世話をし、食堂で朝食の準備を手伝う。毎日、必死になって生きて来た。教会と施設に奉仕し、日々の糧《かて》を神様に感謝して毎朝毎晩祈りを捧げた。誰もが嫌う仕事を厭《いと》わず、大人たちにはひたすら従順で。同い年の子供なら誰でも知っている遊びや快楽からは一切目を逸《そ》らして。

心を清らかにしていること。

神様はきっと見ていて下さる。一生懸命働いたら、神様は佐智にも幸せを下さる。

「…………」

佐智はぼんやりと目を開けた。

頬が涙で濡れていた。何か、悲しい夢を見ていたんだろうか。

体を起こすと、佐智は見慣れないブルーのパジャマを身に着けていた。

佐智が眠っていたのは美しい四本の柱が支える天蓋付きのベッドだ。先端にレースがあしらわれた凝った織りの布が薄い紗《しゃ》と重ねられ、二重に垂れ下がっている。室内には幾何学模様の絨毯《じゅうたん》が敷かれ、調度は北欧風に統一された重厚で豪奢なものだった。

見たこともない、素晴らしい部屋。そして遥か遠くの窓が開け放たれ、花の匂いが漂う。

ここはどこ？　自分の置かれた状況がまるで分からない。

その一方で、何か、ものすごく重要な、そして嫌なことを忘れている気もする。思い出そうとするのに、指先で触れたこめかみがずきんと痛む。

不安と焦燥に、佐智は無意識に胸元を探った。しかし、そこに慣れた銀の感触はなかった。

十字架が、ない。

「目を覚ましていたのか。気分は？」

無愛想に声をかけられ、驚いた佐智は顔を上げた。

両開きの扉に手をかけ、男が立っている。ネクタイは締めていないが、ぱりっとした白いシャツに渋いグレイの上着を着ている。年齢は三十歳くらいだろうか。

ややいかつい、武道家のようにがっちりとした長身。長い手足に鎧《よろい》のような筋肉がついているのが衣服の上からも分かった。寡黙《かもく》そうな唇はやや肉厚で、細い一重の目には力強い光がある。無骨そうだが、野性的な魅力のある男だ。しかし、無表情に佐智を見ているその男に見覚えはなかった。

「…………」

男は何故か、苦々しげに溜息をつく。怯えた佐智を尻目《しりめ》に、ベッドに近付いて、傍に置かれたソファに腰掛けた。

「俺のことは久遠と呼んでくれたらいい。職業は医師だ。君の体に異常がないか、尋ねに来た」

「異常？」

「昨晩の記憶は？　そのベッドで無茶をされただろう」

久遠は平然とそう言った。

その瞬間、佐智はすべてを思い出していた。他人の、汗で濡れた肌の感触。学校帰りにさらわれて夢うつつのまま体を開かれた。

神様に助けを求めながら、惨い蹂躙《じゅうりん》を受けたこと。

しかし今、目の前にいる男は佐智を犯した男とは、別人だった。あの男は、もっと華やかで、酷薄な雰囲気を持っていた。

訳が分からなかった。どうして自分はここにいるんだろう。あの男は、またここへ戻って来るのだろうか。そして、この久遠という男はいったい何者なんだろう。

ぶるぶると体が震える。怖かった。ここから出たかった。教会に帰りたかった。

「晶」

それを聞いた佐智は、はっとして顔を上げる。

「君は、あいつにそう呼ばれたろう」

「…………」

「もう気付いていると思うが、君に昨夜『おいた』したのは、俺じゃない。窓から見える、あの男――叶だ。叶唯臣」

久遠は指差すことも面倒だというように、顎でしゃくってみせた。佐智は躊躇《ためら》いがちに大きな窓の向こうに目を向ける。

そこには広大な薔薇園が広がっていた。空は晴れており、冬にしては暖かく穏やかな陽射《ひざ》しが注がれている。屋敷から薔薇園へ続く赤煉瓦が敷き詰められたアプローチの上に、優雅な形のテーブルセットが置かれている。

そこに、例の男――叶唯臣が座っていた。二人の白人男性と談笑している。テーブルにはノートPCや、分厚いファイルが数冊積み上げられていた。

「朝から急な来客が入って、今は商談の最中だ。名前は叶唯臣、年齢は三十二歳。俺の十年来の友人になる。君をさらった張本人だ。職業は美術商」

美術商。叶は世界を股にかけて活動する、絵画や彫刻、アンティーク品などのバイヤーなのだそうだ。そして広大な庭を持つ、この屋敷の若き主《あるじ》だ。

佐智を拉致し、酷く陵辱した男。

「俺はあの男から、君への依頼を言付《ことづ》かって来た。今日から一週間、十二月十九日まで、君にこの屋敷に滞在して欲しいとのことだ」

「どうしてですか。だって俺、あの人のこと知りません。滞在って――いったい何のために？」

久遠は佐智に写真を一枚手渡す。

佐智は裏返った写真と久遠の無表情をおどおどと見比べる。そして意を決して写真をひっくり返した。

場所はどこかの公園だろうか。満開の桜が咲き、風が花びらを散らす花吹雪《はなふぶき》の真ん中で、若い男が笑っている。年齢は二十歳《はたち》を超えたくらいで、陽射しに笑顔がとても映える。佐智よりやや年上だが、とても驚いたのは、彼が佐智に似ていたからだ。年齢が違うので、歳の差分の差異はあるにしても、顔立ちがとてもよく似ている。真っ白いシャツにジーンズをはいて、少し長い髪が肩に着く辺りで風に揺れている。もっとよく見ようと目を凝らしたが、写真は久遠にさっと取り上げられてしまった。久遠は写真をスーツの胸ポケットにしまった。

「……その人は？」

「晶――羽鳥《はとり》晶だ」

「はとり、あきら……」

フルネームにしても、聞き覚えはなかった。

「晶はすでに亡くなってる。ちょうど一年前だ」

「……亡くなってるんですか」

「ああ。二十二歳だった。見てすぐに分かったと思うけど、君は晶にとても似てるんだ。調べたところ血縁関係はまったくないようだから、完全に他人の空似《そらに》だろうけど」

「…………」

写真の面差《おもざ》しを、佐智は思い出していた。確かに、写真の人物は佐智に似ていた。

ただ、佐智は到底、あんな風に綺麗には笑えない。教会での様々な仕事や、奨学金を死守するために成績を維持すること。そんなことを思うと、胸が少しつっかえて楽しい気持ちにはなれない。

「叶は、晶の一周忌が近付いて、悄然《しょうぜん》としてる時にたまたま街角で学校帰りの君を見かけたらしい。君があんまり晶に似てるんで驚いて、調査会社に君の身の回りのことを調べさせて。そんなことをしてるうちに晶が恋しくなったのかもしれない。あいつは――叶は、君に一週間後の晶の命日までこの屋敷に滞在して欲しいと言ってる。晶の身代わりとして」

「身代わり……？」

「生前、晶は叶の恋人だった。この屋敷に住んで、いつも叶の一番傍にいた」

男同士で、恋人？　しかし当然の疑問を口にすることは出来なかった。

昨晩、男同士では決して許されない禁忌を佐智はあの男に教えられたからだ。泣いても泣いても許されず、佐智の人権は完全に奪われて陵辱された。

叶は、人違いをしていたわけではなかった。あの男は、佐智の意志は無視して、ろくな説明も与えずただ一方的に恋人の代わりになることを強要したのだ。

堪《こら》えようと思った。世の中には、色んな事情を抱える人たちがいて、色んな悲しみがあるから。

いつも優しく、寛容でありなさい。それが教会の教えだったから。

だから自分が着ているパジャマの胸元をぎゅっと握り、憤《いきどお》りを堪えたけれど——体の震えはやはり止まらない。昨日、佐智はどんなに哀願しても許してもらえなかった。

叶の思う通りに爛《ただ》れた蕾に、あの男を受け入れさせられたことを思い出した瞬間、感情が一気に爆発した。

「……どうしてそんなこと、従わなきゃいけないんですかっ‼」

心臓が焼け爛れたように熱い。佐智の目の前に突然現れた男たちは、あまりにも身勝手で、横暴で、そしてやることがめちゃくちゃだった。

「おかしなことを言うの、いい加減にして下さい！　俺は沢村って、沢村佐智っていう名前なんです！　晶なんて名前じゃない！　そんな人知らないもん！　お願いです、ここから出して下さい！　もう教会に帰して下さい！」

大声を出し慣れていない佐智の語尾は、みっともなくひっくり返ってしまう。興奮のあまりだんだん息が苦しくなって、涙が溢れて止まらない。

「もう……教会に、帰して下さい…」

教会のことを思い出した途端、漲《みなぎ》っていた怒りのエネルギーががくんと低下した。シーツに包まれた膝を抱いて、佐智は泣きじゃくった。そして、どうしてこんな目に遭わなければならないのかという理不尽さへの憤りだけでなく、佐智には心配なことがたくさんあった。

「きょ……教会に帰らなきゃ……子供たちの面倒と、教会にご奉仕も……祭壇の掃除とかもしなきゃいけないし、俺には、仕事が、……たくさんあるんです」

「随分体《てい》よくこき使われてるんだな。君にはそれが当たり前みたいだけど」

皮肉交じりにそう言われて、佐智は意味が分からず、涙でくしゃくしゃになった顔で久遠を仰いだ。

「いや、別に。だけど君はその教会がなくなってもいいのか？」

久遠には、泣きじゃくる子供に同情する素振《そぶ》りはない。

叶という男もまるで得体が知れないけれど、今目の前にいる久遠も何を考えているのかよく分からない。医者だという割には、話し方は無愛想だ。佐智への悪意は特に感じられないから、突き放すような物言いはもともと性格なのかもしれないが、表情にもどこか、空気を緊張させるような険があるのだ。

「……どういう意味ですか？」

「もしも君がこの話を断れば、叶は君が住む教会を買い取って取り壊すつもりだと言ってる」

衝撃に、佐智は目を見開き、息を飲んだ。

教会を取り壊す？　そんなことをされたら、いつも佐智が面倒を見ている子供たちはいったいどこへ行けばいいんだろう。神父様はどんなに困るだろう。佐智はどこへ帰ればいいんだろう？

「あいつはやると言ったことはすべて実行するよ。あいつにはそれだけの力があるし、君だって実体験済みだろ。いくら恋人に似てるからって君みたいな子供を誘拐するなんて、まともな人間がすることと思うか？」

そう言われて、佐智は唇を噛む。あの男がまともだなんて……到底思えなかった。

「君が条件を飲んで一週間、あいつの恋人――『晶』として傍にいるなら、もちろん教会を取り壊すなんてことはしない。それから、無茶な我儘《わがまま》に付き合ってくれた報酬として多額の寄付を教会に贈りたいと言ってた。もちろん、君から取り上げた十字架も返すそうだ」

佐智は心許ない胸元に視線を落とした。

やはり、気絶している間に十字架は叶に取り上げられていたらしい。一週間でいい。神様に背き、叶に従えという意思表示に違いなかった。

他に頼る人がいない佐智にとって、神様を奪われればどれくらい不安になるか、すでに叶は見抜いている。佐智を見かけてから、調査会社に佐智の身の回りを調査させたと言っていた。恐らく、佐智の生い立ちや日常、性格も何もかも調べ尽くされているはずだ。

「だけど」

泣いても無駄だと分かっていながら、涙が止まらない。

「……だけど、無理です。俺は『晶』っていう人なんて知らない。会ったこともないし、年齢だって違う。代わりになるなんて無理です」

「あいつだって、そこはちゃんと分かってる。二十二歳の晶と十六歳の君じゃ到底同一人物には見えない。確かに顔立ちは似てるけど、雰囲気も、話し方も、目線の高さもまるで違う。だけど、あいつも『晶』が生き返ったとかそんな馬鹿な幻想を見るつもりはないんだ。ただ、『晶』の一周忌を間近にして恋人との思い出の拠《よ》りどころが欲しい。可愛がって愛情を与える人形が欲しいんだ。それには『晶』の面影がある君でも十分なんだろう」

そこで、何故か久遠は佐智から目を逸らした。

「あいつはまだ、恋人を愛してるから」

それは、きっと真実なんだろうと佐智は思った。まだ愛しているから。忘れられないから。どんな罪も恐れない。

だから佐智のようなみすぼらしい子供をさらって凶行に及ぶのだろうと、そう思った。

けれど、理解は出来ない。

十字架を着けていないからといって、禁忌に寛容になれるはずもない。昨夜の叶とのふしだらな行為を、佐智は到底受け入れることが出来なかった。

「……恋人っていうことは……」

佐智は乏しい性的な知識の中から、精一杯遠回しな言葉を選んだ。

「夜は、叶さんと、一緒に過ごすって……いうことなんですか」

「大人の常識ならそうなるな」

厳しい顔のまま腕組みし、久遠はそう言った。

佐智は半ば放心して、窓の外に目を向ける。

そこでは、相変わらず叶が客人と商談の最中だ。滑らかに動く唇で、流暢《りゅうちょう》な外国語を話しているのだと分かる。決して尊大で横柄な気配はないが、遠くから眺めているだけなのに、商談ははっきりと叶が優位なのだと分かった。

風が吹いて、庭園に咲く花が散った。無残な光景の中、叶はその内に潜ませた狂気を感じさせない美しい笑顔を見せていた。

この場所で、何が始まるのか。御許《みもと》からの天啓はまだなかった。


佐智は額に手をかざし、目の前の屋敷を見上げた。

白亜の壁が美しい、瀟洒《しょうしゃ》な建物だった。ファザードは完璧な対称で左右に翼屋が広がっている。すべての窓には濃紫のカーテンが下げられていて、支柱に可憐《かれん》な蔓薔薇《つるばら》を絡めたバルコニーがぐるりと全室を取り巻いている。

さっき、この薔薇園を見下ろしていた部屋は南翼の二階にあるようだ。

よく手入れされた広い庭に、薔薇が咲き乱れている。種類は分からないが、花びらの先端がぴんと尖《とが》った、格調のある赤薔薇だ。

テーブルセットに着いていた叶と、客が立ち上がった。商談が成立したらしい。軽やかに握手を交わして、執事らしい男に客を預ける。そして叶は薔薇園の中央に立つ佐智に気付いた。

「あ………」

静謐《せいひつ》な漆黒の眼差《まなざ》しに、心臓を射抜かれたような衝撃を覚えた。佐智は立ち尽くしたまま動けない。叶は淀《よど》みのない足取りでこちらに近付いて、佐智の真正面に立つ。

身長一六五センチの佐智より、頭一つ分高い。そして改めて傍で見ると、叶は本当にハンサムだった。

切れ長の目には穏やかな微笑が浮かぶ。知的に整った美貌に、上等なスーツに包まれた肩の辺りは堂々としている。まだ若いのに特殊な専門職で成功している自信や厳しさが満ち溢れ、大変な風格さえ感じた。

「上着も着ないで何をしてるんだ。誰かに言えば外套《がいとう》でも上着でもすぐに用意するのに」

きっと悪魔のように残忍で傲慢な男なんだろうと思ったのに、叶の口調は意外にも優しかった。

佐智はどう反応していいのか分からずに、困惑して足元を見詰めた。叶は今、佐智を「誰」だと思って接しているのだろう。

「髪が冷えてる。馬鹿だな、いつからこんなところにいたんだ」

風の中で、男の大きな手のひらが佐智の後頭部を押し包んだ。佐智の柔らかな髪の感触を慈しむように上下して、すぐ耳元で囁きかける。

「屋敷に戻ろう。お前に風邪をひかせるわけにはいかない」

それで分かった。すでに、叶は――――佐智を『羽鳥晶』として扱っている。

死んだ恋人『羽鳥晶』だ。

佐智が、叶が与えた役割を引き受けるのかどうか、改めて問いもしない。佐智が拒絶しないと叶は確信している。佐智のような無力な子供が、自分が提示した条件に抗《あらが》えるはずがないと。

悔しい――――佐智は生まれて初めて、他人を憎いと思った気がする。

恋人を失ったのは確かに気の毒だ。だけど、人を人とも思わない、こんな男、いつか神様からの罰が下ればいい。

けれど、この男がどんなに憎くても、教会を盾に取られている佐智は逃げ出すことが出来ない。

彼――――叶の恋人として一週間を過ごす。この広大な屋敷で、彼の死んだ恋人『晶』として。

「少し遅くなったけど朝食にしよう。おいで」

幼児のように男に手を引かれ、佐智は薔薇園を出た。

朝食の席は、美しいモザイクタイルが敷かれたテラスに用意されていた。真っ白なテーブルの傍にはガスコンロがセットされ、シェフやメイドが待機していた。

「腹が減ってるだろう、好きなものを焼いてもらいなさい。卵料理でも、パンケーキでも」

席に着くと、メイドがすぐさま真っ白いナプキンを膝に広げてくれる。だけど佐智は叶には応えない。こんな状況で食欲なんて出るわけがないのに。俯《うつむ》いて顔を強張らせている佐智を見て、叶は苦笑したようだ。そして傍に立っていた執事らしき男に指示を出す。

「晶には、いつものメニューを」

執事は、佐智が傍にいても何ら困惑した様子を見せない。

「それではパンケーキとオムレツでよろしゅうございますね。パンケーキには晶様がお好きなクロテッドクリームと野苺のジャムをたっぷりとお付けいたします」

「ああ。オムレツはプレーンで頼む。それから、野菜をたくさん食わせてやってくれ。放っておくといつまで経ってもこいつの野菜嫌いが直らない」

あれこれと『晶』のために指示を出す叶は、本当に幸福そうだ。

シェフは手品を見せるように手際よく卵を焼いて、やがて最初の一皿が恭《うやうや》しく佐智の目の前に運ばれた。『晶』の朝食の定番だったメニューのようだ。

幸せそのもののような金色の卵料理が真っ白い皿の上で湯気を立てている。その芳《かんば》しい香りを嗅いだ途端、食欲なんてないと思ったのに、こくんと喉が鳴ってしまう。恐る恐るスプーンを入れると、中から半熟の卵がとろりと溢れ出した。

一口口にして、思わず溜息が漏れる。

おいしい。卵の甘やかな滋味と、濃厚なバターの味がたっぷりと舌に絡み付く。

次にはパンケーキが焼かれ、メロンやグレープフルーツが美しく盛り付けられた大皿が運び込まれる。小柄な佐智には決して食べ切れないと分かる量だ。

佐智が生活していた教会では、成長期の少年少女が育つに必要な食事を十分に与えられるが、過分な量は強欲にあたるとして許されない。こんな贅沢はいけないことだ。佐智が朝食を食べる様子を楽しそうに眺めている叶に、困惑したまま呟《つぶや》いた。

「……こんなに食べられないです」

「全部食べる必要なんかない。余ったら捨てればいい。食べたいものを少しずつ、全種類口にすればいいんだ。そうするのが好きなんだろう」

叶は甘ったるくそう言って、卵がついていた佐智の唇を親指で拭《ぬぐ》う。

「小皿をたくさんお出ししましょう。晶様がお好みのものを、お好きなだけお取り下さい」

執事がにこやかに美しい銀食器を並べる。

黒いワンピースにクラシカルな白いエプロンを着けたメイドの一人が、「晶様、どうぞ」と声をかけてグラスにオレンジジュースを注いでくれる。

周囲の皆が佐智を『晶』と呼んだ。主の叶が機嫌よく朝食の席に着いていることで、メイドたちも生き生きと振る舞っているようだ。佐智は小さな身震いを覚えた。

誰がどこまで事情を知っているのか佐智には分からない。

だが、ここにいる全員が、沢村佐智の存在を黙殺し、『羽鳥晶』の存在を作り上げようとしていることは間違いがない。大金持ちの末裔《まつえい》であり、この屋敷の主であるという叶は、周囲にそうさせるだけの力を持っているのだろう。

「晶」

一瞬遅れて、佐智はそれが自分の新しい名前だと改めて気付いた。顔が、緊張に強張る。

「晶」

叶はもう一度ゆっくりと、佐智を呼んだ。

佐智は目を固く閉じた。最後の覚悟を決めた。

――一週間だ。それで全部が終わる。

「……………はい」

「後で服を選ぼう。今着ている服は間に合わせで買った既製品だ。お前の肌の色にあまり似合ってない」

叶は珈琲《コーヒー》をすすりながら、俯いている佐智の横顔を幸福そうに眺めている。

「お前のためにテーラーを呼んである。下着から外套まで、全部オーダーメイドで作らせよう」

滑稽な、空恐ろしい茶番劇は、もう止めることは出来そうになかった。

長い長い回廊を抜けて、両開きの扉を開けるとそこは書庫だった。

薄暗い暗闇に無数の書架《しょか》が立ち並び、書物や古物がひっそり息を潜める気配を感じる。トップライトには蔓薔薇を象《かたど》ったステンドグラスが嵌《は》め込まれ、虹色の光が木漏《こも》れ日《び》のように佐智の足元に落ちていた。

静寂が少し礼拝堂に似ている気がする。人の気配もない。ここなら落ち着けるだろうか。

佐智は小さくなって、書架の陰に逃げ込んだ。屋敷には、叶や執事以外にも、見知らぬ大人がたくさんいた。その全員が、佐智に『晶様』と声をかける。

何かご不自由はございませんか、ご機嫌はいかがですか、と礼儀正しく、にこやかに尋ねるのだ。それがどうしてもいたたまれない。

佐智には、そんな風に応対された経験がまるでない。そしてそんな大人たちの中でいっそう佐智を甘やかそうとする叶は、朝食の後にテーラーを呼び、山ほどの衣装を嬉々《きき》として佐智に買い与えてくれた。

毛皮やタフタの外套に、ボトムを数十本、カジュアルなシャツにカシミアのセーター。絶対着ないはずのブラックタイのスーツ。すべて贅沢で上品な素材ばかりだ。

まるで着せ替え人形のようにサンプルを肌にあてがわれた。

オーダーメイドの衣服が仕上がるまでと与えられている今着ているシャツも、それだけで十数万円もするとても高価なものだ。

『晶』がどんな人物だったのか、佐智にはよく分からない。だけど、際限なく叶に甘やかされていて、それを受け入れていたらしい。

「……………もういやだこんなの………」

佐智は埃《ほこり》っぽい書庫の隅に蹲《うずくま》っていた。ここにいる間ずっと、こんな風にこそこそと人目を避け、情けない気持ちで過ごすんだろうか。

何よりも、夜が来るのが怖かった。

久遠も言ってた。きっと今夜も、佐智は叶と「恋人」としての夜を過ごす。

一度したことをもう一度するくらい、きっと平気だ。自分は男なのだから、風変わりなプロレスだとでも思えばいい。それなのに、ベッドの上での出来事を反芻《はんすう》すると、体がぞうっと震える。やっぱり、恋人のふりなんて出来ないと言うべきだったんだろうか。でも本当に教会を壊されたら、佐智はいったいどうしたらいいんだろう。

三角座りになって自分の膝に顎を置いていた佐智は、目の前のガラスケースの中にとても美しいものを見つけた。L字型のその器具は、ずらりと並べられ、禍々《まがまが》しく輝いている。

拳銃のコレクションだった。

ガラスをそっと横にスライドさせてみると、意外なことに簡単に開いた。それが危険なものであるという自覚はあったが、一番綺麗だと思う一つを手に取ってみる。

どうやら銀製品のようだ。銃身が長く伸び、握る部分には美しい装飾がなされている。細かな花の浮き彫りが可憐で、だけどどこか禍々しくて、佐智は目を離すことが出来ない。

「何をしてる？」

背後から声をかけられ、佐智はびくりと肩を竦めた。叶はスーツのボトムに片手を入れ、書架に凭《もた》れるように立っていた。そして佐智が手にしているその凶器に目を留めたようだ。

「隠れんぼうかと思ったら、宝探しか。でもそれは危ないよ。こっちによこしなさい」

「こ……来ないでください」

「それは中世のヨーロッパで、吸血鬼だか狼男だかを退治するために作られたシリーズだ。やっぱり美術商だった俺の祖父《じい》さんが目の色を変えて、世界中を走り回ってかき集めたコレクションなんだ」

叶はゆっくりとこちらに近付いて来る。佐智はつい、じりじりと後ずさってしまう。「恋人」であるという役割などすっかり失念して、ただただ本気で叶を相手に怯え切っていた。

「撃ちたいのか？　いいよ、弾は込めてある。殺傷能力も十分だ。何しろその銃で、俺の祖父と母親は死んだ」

死んだ？　その不吉な言葉を聞いた途端に、美しい銀細工はいっそう冷ややかに感じられた。

「殺したのは俺の父親だ。贋作に手を出して莫大な借金を作ったことをずっと隠してたんだ。それをこの家の家長だった祖父さんに咎められて、諍《いさか》いの末に当時家長だった祖父さんと俺の母親をその銃で撃ち殺した。本人は、ナポリにある別荘に気に入ってた絵画やランプを山ほど詰め込んで、そこに火をかけて死んだ。親父《おやじ》は無能だったが美術品への執着は祖父さん以上だったからな。もう十五年前の話だ。なかなか壮絶な一家だろう」

本当の話だろうか。それとも、銃を片手に怯えた顔をしている佐智をからかっているだけなんだろうか。

だけど、それが本当なら、まだ年若い叶がこの屋敷の主となった経緯《いきさつ》が分かる気がする。そして、この男——叶のどこかたがが外れたような、狂気を孕《はら》んだ雰囲気の理由も。

そして叶は佐智に手を差し伸べ、微笑を浮かべたまままた一歩、こちらに近付いた。

「馬鹿だな、晶。お前、震えてるぞ」

ぱっと赤面した途端、長い腕が伸びた。手首をつかまれ、強引に抱き寄せられてしまう。

「あっ！」

「撃ちたいのか、なんて安全装置を外してないなら撃ちようがないけどな」

「うう……っ」

「悪い子だ、こんなもの見つけ出して。これが気に入ったのか？」

高く掲げられた手首にキスされながら、易々と銃を奪われてしまった。佐智が凶器を持っていてさえ、叶の優位は変わらなかった。

「銀色で、き、綺麗だったから……」

「何だ、銀製品に興味があるのか。じゃあ弾だけ抜いておこう。好きな時に触っていい。ただし、危ない真似はしないように」

「……はい」

大人に命令されると、佐智は条件反射で従順になってしまう。教会にいる時も、神父様や他の大人に逆らったことは一度もなかった。寝室で話をした久遠に対してもそうだった。あの時もっと強気な態度でいられたら、佐智はもしかしたらこの屋敷を出られたかもしれないのに。

「あの……久遠さんは？」

「久遠？　あいつに何か用でもあるのか？」

「いいえ、目を覚ました時はいたのに、朝食の時には、いなかったから」

「お前に話をした後、仕事で出掛けた。あいつも大学病院の仕事が忙しいらしいからな。だけど今夜もこっちに来るはずだ。あいつはお前を妙に気にしてるから」

お前、とはこの場合『晶』のことだろう。

「ただし浮気はするなよ。あいつはあんな格闘家みたいな無骨ななりで、けっこう手が早いから」

二人は友人同士と聞いていているけれど、こんな軽薄そうな叶に手が早い、なんて言われるのは久遠もきっと不本意だろう。その時、スーツのポケットから軽やかな電子音が聞こえた。携帯電話の着信音だ。

短く応答して、叶は溜息を吐く。

「何だつまらない。お前とゆっくり遊ぼうと思ったのに、仕事が入った」

本当に隠れんぼうをするつもりだったらしい。心底残念そうにそう言いながら、佐智の柔らかな髪をかき上げ、額や頬に口付ける。スキンシップ過剰、と思うが、恋人同士だった『晶』とはこれが当然だったんだろう。

「おいで。そんなに退屈なら、俺の仕事でも見てるといい」

「叶さんの仕事？」

「銀細工が気に入ったんだろう？　あの類のものを、いくらでも見せてやろう」

微笑する叶に手を引かれて、書庫を出た。

叶の仕事部屋は、南翼にある一室だった。

高い天井に、真正面にゴシック仕様の大きな窓があり、そのすぐ前に大きなデスクが置かれている。秘書らしいスーツ姿の若い男が叶に頭を下げた。

「お待ちしておりました。本日、午後からのご予定を申し上げます」

叶は鷹揚に頷《うなず》いてデスクに着く。佐智は叶の長い腕に腰をさらわれ、膝の上に座らされてしまった。

「…………」

不服顔で見上げたが、叶は一切頓着していない。秘書は秘書で、こちらも実に冷静でいる。

「本日のギャラリーへのご出勤についてはいかがいたしましょうか。オーナー直接のご対応を要する予定は今のところ入っておりませんが」

「今日、明日は一日屋敷にいる。これの相手がしたい」

ちゅ、と佐智のつむじにキスをする。

「ギャラリーにはお前が終日待機していてくれ。明日は午後から浅沼《あさぬま》美術館からアンティークのクリスタルが四点、納品があるはずだ。森本《もりもと》に立ち合わせて、ライティングとフローの確認はあちらの意向通りに」

「クリスタルでしたら、森本より長谷川《はせがわ》が得意ですが」

「アンティークは長谷川には任せられない。俺は器の歪《ゆが》みを手作りの持ち味なんてほざく輩《やから》は信用しない。クリスタルに必要なのは完璧な造形だけだ。ミスの言い訳は一切許さん」

「ちょ、あの……」

叶の膝の上で、佐智は真っ赤になって狼狽した。

厳しいのは口調ばかりで、叶は仕事の話をしながら佐智の首筋にキスしたのだ。それどころか、片手で書類をめくりながら空いたもう一方の手をシャツの中に突っ込んで来る。悪戯《いたずら》な指先が、つん、と佐智の乳首をつつく。

「ん……っ」

佐智のあえかな声が聞こえても、秘書は顔色一つ変えない。整った容姿の、いかにも有能そうな男だ。恐らく、上司の非常識な振る舞いなどとっくに慣れっこで、叶が何か悪さを始めたら黙殺することに決めているのだ。

「それから、イタリアのミア・カッデリーニ社からピンクダイヤの新製品に関するカタログが届いております。オーナーのお目に留まる製品がありましたらぜひご注文いただきたいとのことです」

「ピンクダイヤか。新社屋着工の祝儀代わりに何か買えってことだな。うちの顧客に、十代の女の愛人がいるじいさんはいなかったか。ピンクダイヤは若い女でないと映えない」

「あっ、あ、だめ！　ズボンは下ろさないでっ！」

「時任《ときとう》様が先日、恒例の『蘭の会』に十四、五歳の女性を連れてお見えでした。ですが時任様は、数日前に持病の心臓病が悪化して入院されていらっしゃいますね」

「もうじき死にそうならなおいいさ。自棄《やけ》っぱちになって思い切った買い物をしでかしてくれそうだ」

「もう！　やめてください…っ、離してくださいったら‼」

シャツのボタンを外され、どんどん脱がされて、剝き出しにされた背中や腹を撫《な》で回されて真っ赤になっている佐智を挟んで、二人の会話は淡々と交わされる。佐智は一人慌てふためき、シャツを着直してははだけられ、また着直してははだけられてしまう。

「…もお、やだ……っ」

本気で怒っている佐智に、叶はふと微笑する。

「そうだな、うちからどこかに転売するのもいいが………せっかくのピンクダイヤだ、俺の恋人に着けさせるのも悪くない。どう思う？　柏木《かしわぎ》」

「よろしいかと思います。宝石はお着けになるご本人が選ばれるのが適切です」

「俺もそう思う。どれがいい？　晶」

「………ええ？」

「ピンクダイヤモンドだ。お前が好きなのをどれでも好きなだけ買ってやろう。どのデザインが好きだ？」

突然問われて、見ればデスクの上に分厚いカタログが開かれている。

ピンクダイヤモンド。半透明のピンク色の宝石で作られたピアスやネックレス、指輪などが黒のヴェルベットを背景に、いくつも並んでいる。佐智は困惑して、それからやっぱり思い切りむっとした。これって女の子が着けるアクセサリーじゃないか。いくら小さくても、佐智はこれでも男だ。

「そんなの、分かりません、俺、女の子じゃありません。宝石なんて、全然知らない」

「何が分かりません、だ。お前が好きなものを選べばいいだけの話だ。どれが欲しい？」

「あっ！」

叶は佐智の両脇から腕を入れ、指先で二つの乳首を少し強くひねった。

「や……っだ……！」

「まあ、こんな可愛い宝石を二つも持ってるなら、ダイヤなんて興味が湧かなくても当然だけどな」

ピンク色にぷつんと尖った突起を両方同時にくりくりといじめながら、叶はそんな風にからかう。

だけど、宝石を選ぶまで許してやらない。叶は意地悪く囁いた。

愛撫を堪えて前屈《まえかが》みになり、ほとんどデスクに頬を擦り付けて喘《あえ》いでいる佐智は、もうやめて欲しくて、許して欲しくて、細かく震えながらカタログを指差した。

「こ、これ、を……」

とにかく逃げ出したくていい加減に選んだそれは、黒いビロードのリボンに大きなピンクダイヤモンドがぶら下がったシンプルなデザインのチョーカーだ。叶は佐智の肩越しにカタログを覗き込み、満足そうに何度か頷いた。

「これが気に入ったのか？　確かに、お前に似合いそうだ」

その手は、佐智の脇腹を撫でる悪戯をまだ続けている。

「うん、それ、……好き」

「可愛いか？」

「うん、かわ、い……っ、可愛い……っ」

くすぐったさに息も絶え絶えにそれだけ言うと、叶はあっさりと腕を引いた。

「じゃあこれにしよう。柏木、すぐに発注を」

「かしこまりました」

秘書が恭しく頭を下げ、部屋を出て行く。佐智は叶の膝から飛び降りると、思い切り叫んだ。

「……ひ、人がいるのに…何するんですかっ」

「何をするんですかだと？　そっちこそ、そんな可愛いものを丸出しにして何してるんだ」

叶は椅子にゆったりと凭れ、軽やかに佐智を混ぜっ返す。

それもそのはずで、佐智のシャツはすっかりはだけているし、ボトムもベルトが緩められ、

下着が丸見えだ。佐智は真っ赤になってシャツの前を閉めた。

本当に頭にくる。丸出しにしたのは誰だというんだろう。背中を向けて唇を噛んで怒る佐智に、叶は堪え切れないように大笑いし始めた。

「怒るなよ。恋人がこんなに傍にいるんだ。手を出したくなるのは当たり前だよ」

高々と足を組み、そんなことを嘯《うそぶ》く。

何が恋人だ。教会を盾に取って、佐智をここに閉じ込めているくせに。

たった半日この屋敷で過ごしただけで、叶がどんなに『晶』を甘やかしていたか、親密だったか、佐智にもよく分かった。贅沢こそが叶には最大の愛情表現らしいことも分かった。最終的にこの屋敷にいることを選んだのは確かに佐智だけど、おもちゃみたいに弄ばれるのは嫌だ。

せめてもの抵抗に、肩越しに余裕いっぱいの大人を一瞬だけ睨んだけど、睨んだことで叱られるかもと少し怖くなって足早に出口に向かう。

「こら。どこに行く?」

「しょ、書庫に、帰ります」

「書庫? 何をするんだ、あんな薄暗いところで」

「別に、何もしないですけど…」

ここにいたって落ち着かない。また叶におかしな悪戯をされるのが落ちだ。誰も来ないようなあの場所で、じっと小さくなっていたい。それが駄目なら、せめて佐智の日常を守りたい。

子供たちの世話をし、教会の家事を手伝っていた日常だ。

「あの、何か俺に出来るような仕事ってないでしょうか」

佐智は思い切ってそう切り出した。

「仕事？」

「い、今みたいに宝石を選んだりとかじゃなくて、……お茶碗洗いとかすっごく早いし得意なんです。洗濯とか掃除とか。こんなに広いんだし、何か出来ると思うんです」

「勘弁してくれよ。気持ちはありがたいけど、俺は恋人に家事をさせるほど不甲斐《ふがい》ない男じゃないんだ。お前が箒《ほうき》を持って廊下の掃除をしてたら却《かえ》って落ち着かないよ」

「だったら――」

本物の『晶』はここで何をしていたんだろう？　この屋敷に長期で滞在していたと久遠には聞いたが、その間『晶』は何をして暮らしていたんだろう。

だけどそれを尋ねるのはさすがに無神経だと佐智にも分かる。亡くした人のことを尋ねられるのが、どれだけ苦しいか、家族を一度に失った佐智にはよく分かっていた。

「退屈してるんだったらビデオルームにはお前が好きそうな映画やらゲームが用意してあるし、午後のお茶にはフルーツケーキを焼くように言ってある。それまでサンルームで昼寝でもしてるといい。夕方からでよければチェスの相手をしてやる」

それは『晶』の趣味だったんだろう。佐智は映画にあまり興味がないし、チェスのルールなんて知らない。だから、何とか反論したくてつい唇が尖ってくる。

叶は椅子《いす》を鳴らして体を反転させると、暢気《のんき》な様子で机に頬杖《ほおづえ》をつく。好き勝手にのんびりしていていいと言われて何故これほど反発されるのかさっぱり分からない、といった顔だ。

「お前の仕事はいつだって『我儘』でいい」

「…………」

「綺麗なものだけを見て、美味《うま》いものを食べて。辛いことをする必要は何一つないんだ。仕事がしたいなんて馬鹿げてる。お前は俺の傍で、お姫様みたいに守られてただにこにこ笑っていればいい。――それから、叶、じゃなくて唯臣と呼んでもらおう」

「え？」

「唯臣。名字じゃなくて、名前で呼んでくれ」

佐智はしばらく押し黙った。こんな年上の男の人を呼び捨てにしても無作法じゃないんだろうかということと、それから――やっぱり、名前で呼ぶのは自分と叶が恋人同士であることを自ら認めるようで、躊躇いがある。

だけど、それが約束だから。叶を怒らせて教会を取り壊されては困るから。

ダイヤモンドを買ってやる、と冗談交じりに言うこの男の残虐性を、佐智は今もはっきりと感じているから。屈辱と羞恥に真っ赤になりながらぼそぼそと、唯臣、と呟いてみた。

「もう一度」

短くせがまれて、嫌々ながら口を開く。

「……唯臣」

「いい子だ、晶」

叶は佐智に近寄り、抱き締める。そしてその髪に長い指を差し入れ、何度となく口付けた。

それは最愛の恋人の愛を渇仰《かつごう》する口付けだと、佐智は思った。


バスルームを出ると、寝台の傍には就寝前の冷たいハーブティーが用意されている。それから画集が一冊、届けられていた。

もう日付が変わった時間だが、夕食後に来客があったようで、ずっと姿を見せない叶はまだ仕事をしているらしい。久遠も多忙なようで、結局姿を見せなかった。

佐智は画集をぱらぱらとめくった。

「こんなの、興味ないのに」

多分、寝る前にお茶を飲み、画集を眺めるのは『晶』の習慣だったのだろう。和《なご》やかなグリーンのハーブティーが入ったグラスに映った自分自身に、佐智は少し抗議してしまう。

「ちょっと贅沢しすぎなんじゃないかな。こんな生活してたら、罰《ばち》が当たっちゃうよ」

溜息をついてベッドに横たわる。本当に、疲れてしまった。佐智は今日の午後のほとんどをサンルームで過ごした。

書庫じゃなくてもいいから、とにかく一人になれる場所に行きたかったが、執事やメイドが、それとなく佐智を監視していることにも気付いていた。結局、南向きのガラスに囲まれた部屋で、クッションに埋もれてぼんやりしているしかなかった。

今頃、施設の子供たちはどうしてるだろう。佐智に懐いていたあの子はちゃんと眠っているだろうか。ご飯の世話は誰がしてくれてるんだろう。神父様は、佐智のことを心配してくれているだろうか。学校を休んでしまったけど、クラスメイトたちはどう思っただろう。

いろいろと考えていると、それだけですっかり疲れてしまって、いつしかバスローブ姿のまま、うとうとと寝入ってしまっていた。

「……ん」

誰かが覆い被《かぶ》さる背中があったかくて、気持ちいい。羽根でくすぐられるみたいに、頬を何かがそよいでいる。

「ん、ん……くすぐったい……」

「もうおねむか、晶。急いで仕事を済ませて来たのにつまらないな」

佐智はぼんやりと目を開く。鼻、頬、額――悪戯するように触れるそれが誰かの唇だと気付く。それからこの甘く爽《さわ》やかな匂いは、叶がつけていたオーデ・コロン――

「ひゃあ………っ‼」

佐智は慌てて飛び起きた。いつの間にか、叶が部屋に入って来ていたのだ。

「起こしたか。悪かった」

叶はベッドを降りると、ネクタイを片手で解《ほど》く。スーツを着慣れた、男っぽい所作だ。

「眠ってるならそのままでもよかったのに。意識のない体を好きに弄ぶのも悪くない」

人が入って来たことも気付かないほどぐっすり眠っていたことをからかわれて、佐智は頬が赤くなるのを感じる。昼間はあんなに叶を警戒していたのに、眠気には勝てなかった。

そして、次の言葉を甘く囁かれて、顔が強張った。

「バスローブを脱ぎなさい。お前は、ベッドにいるときは裸でいいよ」

そんなふしだらな誘いを、叶は当然のように口にする。

「あの、俺………っ」

佐智はシーツを握り締めて、その場の緊張感に相応しくない大声で叶に問いかけた。

「……セックス、どうしてもしなきゃダメですか」

今日一日、考えていたことだ。

叶はネクタイと上着を無造作に床に放り投げる。怪訝《けげん》そうに必死の形相の佐智を見下ろしていた。その黒い瞳を見上げたまま、佐智はシーツの上で土下座した。

「俺、確かに教会に手を出されたら困ります。教会には小さな子供たちがいるんです。俺が面倒見てた…まだ、小学校に行ってない子だっています。酷いことされたら本当に困ります。でも、でも、――――セ、セックスは」

その単語を口にすることさえ恥ずかしくて、ぎゅっと目を閉じた。

「したくないです。お願いです。他のことだったら、何でもするから」

叶は、佐智の仕事は「我儘」と言ったけど、夜の仕事は多分少し違う。夜の仕事――――夜伽《よとぎ》、だ。その間は、佐智は叶に我儘など言えない。脅されて引き受けたとはいえ、「恋人」であるなら、拒絶は出来ない関係だと佐智にも分かった。

「…………あっ、まって……！」

まだお願いをしている最中なのに。いきなり腰をさらわれて、抱き竦められた。叶の手がバスローブの胸元にするりと滑り込む。

「やっ！　やだ……っ」

「お前が何を心配してるんだかよく分からないが、俺は恋人を泣かせるような真似はもう、一切しないつもりだ。お前のことを愛してるって何度も言っただろう？」

「…………」

「いつだって俺はお前を可愛いと思ってる。どんな方法を使ってもこの屋敷から出したくない、それくらいお前のことを思ってる」

睫に涙を溜めて佐智は叶を見上げた。叶は慈愛に満ちた微笑を浮かべている。

優し気なのは見た目ばかり。彼は、今の佐智の必死の懇願など、もう気にも留めていない。

「余計なことは何も考えられないくらい、とろとろにしてやろう」

そんな言葉とともに、淫蕩《いんとう》な命令が下される。

「お前の可愛いところを見せてごらん。四つん這《ば》いになってバスローブをまくって。お前の一番恥ずかしいところを見せるんだ」

それを聞いた佐智は真っ青になる。そんな破廉恥なポーズ、考えただけで眩暈《めまい》がする。しかしベッドの傍らに立つ叶はにやりと笑うと、悪党そのものの仕草で煙草を斜めに咥え、火を点けた。

「お前はこういうのも好きだったろう？　恥ずかしいのも大好きで、色んな器具を使ってやるといつも大喜びしてた。可愛い顔をしていても、お前はとんでもない淫乱なんだ」

そんなの嘘だ。恥ずかしいのが好き、なんてそんな人がいるわけない。この世界には、SMなどのやや倒錯的な悦びがあることを、佐智はよく知らなかった。

「晶」

佐智はびくりと肩を震わせる。

「何も怖くない。お前を気持ちよくさせるだけだ。俺が言った通りにやってごらん」

穏やかな声で再度命令されて、佐智は覚悟を決めた。まだ叶に叱られたことはないが、この男を怒らせるのはとても怖いと本能的に察知している。

淫乱、であったらしい恋人のふり。そこから佐智は逃《のが》れられない。

緊張と羞恥に乱れる呼吸を整えながら、思い切ってシーツの上に四つん這いになる。

それから、それから、それから。

またぽろりと零れた涙を、もう拭っても意味はないと思った。

羽根枕についた顎で上半身を支え、両手で下半身を覆っているバスローブをぐいぐい手繰《たぐ》り寄せて。うんと長い間迷った後、佐智は鳥が羽根を広げるような仕草でタオル地を腰までまくり上げてみた。風呂から出たまま下着を着けていない、まだほんのりと上気した小さな尻が丸出しになる。

「………ひっく……」

佐智は羞恥に嗚咽《おえつ》を零す。こんなに恥ずかしい格好をしてるのに、しかし、ただ思い切っただけの色気のない様子に、叶は苦笑するばかりだ。

「それじゃあお尻をぶたれる子供の格好だ。もっと可愛い場所を奥に隠してるだろう？」

「…………うぅ……」

「いっぱいいっぱいに足を開いて、両手で尻を左右に開くんだ。一番奥まで、全部見せなさい」

佐智は唇を噛んでその命令に従った。羽根枕は涙を吸ってもうびしょびしょだ。固く閉じ合わせていた膝を肩幅よりもっといっぱいに開く。それから、緊張にしっとりと汗ばんでいる尻の合わせせに指をかけ、息を詰めて、そっと左右に引っ張った。風が、足の間を抜ける心許ない感覚に襲われた。

「そう……いい子だ。全部ちゃんと見えてる」

佐智の世にも卑猥《ひわい》な格好を、叶は満足した様子で誉《ほ》めてくれた。

双球のすべすべとした真っ白な素肌。足の間でうな垂れている性器も、昨日散々弄ばれてまだふっくらと充血している蕾も。もう全部が叶に丸見えだ。じっと尻を広げていると、腕と指が痺れてくる。

だけど叶は、お前はこんな風に恥ずかしい格好をするのも大好きだった、と何度も言う。被虐的な姿勢を取るとそれだけで感じるくらい敏感だった。まるで暗示をかけるかのように、叶はそう繰り返す。

そうすると、不思議なことに体中の皮膚がとても敏感になるのだ。限界まで左右に引き伸ばされ、内部を少しだけ綻《ほころ》ばせている蕾にも、甘やかな疼《うず》きを感じる。そこを、指先で無造作に触れられた。

「…………ひっん……！」

「指は離すな。ちゃんと自分で開けていなさい」

体を起こしかけた佐智を制し、刺激に怯えてひくついている場所に、叶はじっくりと触れた。唾液を塗《まぶ》した指の腹で軽く擦られると、佐智はぞくりと背中を震わせる。

「……いやあ、こすら、ないで…っ」

「ああ……ひっくり返すと、少し中が赤くなって、腫れてるな」

誰が悪いのか分かっているのかいないのか、叶は気の毒そうにそう呟いた。ぐっと指の腹をもぐり込ませる。

「……うぅぅ……っ」

「今日一日、ずっと痛かったのか?」

「痛かったです、すごく、痛かったです」

佐智は、言い付けを破って勝手に体を起こし、必死になって叶に縋り付いた。

ベッドの縁に座っていた彼の膝の上に乗り上げ、まるで甘えん坊の子供みたいに顔を覗き込んで一生懸命に懇願する。本当は、すごく痛いというわけではなかったけれど。今、ほんの少し甘やかな感覚に襲われたけれど。やっぱり挿入は恐ろしく、泣いて頼めば叶が同情して許してくれるのではないかと思った。

「だから、おねがいだから……おねがいです、今日はも、しないで…っ、ここにはもう、何も入れないで……っ」

遠回しな物言いも分からず、自分の膝の上でぽろぽろ涙を零す佐智の様子が叶には可愛くて可愛くて仕方ないらしい。

「……男心を知らないな、お前は」

そんな風に、泣けば泣くほど男はいじめたくなって、喜ぶのに。そう言って涙で濡れた唇を舐められる。

「泣かなくていい。馬鹿だな、俺が本気でお前に辛い真似をさせるとでも思ってるのか？」

叶の腰に跨《また》がらされ、真正面から汗ばんだ額にキスされる。するりとバスローブの腰紐《こしひも》が解かれ、タオル地の中で籠《こ》もっていた熱気がふわりと広がる。

さっきは佐智自身によって晒されていた体は、今から「恋人」の手に委《ゆだ》ねられるのだ。

泣きじゃくる佐智をあやすように、柔らかな舌が首筋を滑り、鎖骨を這う。それが不意打ちのように左胸を通過した時、何か甘い感覚を感じて、佐智は泣き声に小さな悲鳴を混じらせる。

「あ…………っ？」

男の腰に跨ったまま、体を仰《の》け反《ぞ》らせたが、背中に手を添えられて逃げるのは許されない。

「……くすぐったいか？」

からかうようにそう尋ねながら、意地悪く佐智のそこを唇で覆う。まだ輪郭《りんかく》が淡く、ほとんど突起のない、子供の乳首だ。他の場所よりいっそう皮膚が薄いそこを、何度も何度も舌先で舐め上げられた。

「あん、やぁっ………！」

細い電流が足先に走るような快感に、佐智は狼狽して髪を振り立てた。昨日はあまり、そこには触られなかった。だから佐智は今夜、初めて知らされた。そこが――罪深い性感帯の一つだと。

「いや、あっあん………はっ、……はあ……」

叶は充血した小さな粒の感触が気に入ったらしい。執拗《しつよう》にそこをいじめ続けた。弾力を確かめるように、ぷつん、ぷつん、と何度も舌先でそれを弾《はじ》いた。

ダメだと思うのに、唇を嚙んで声を堪えているのに。さっきまで、尻に何も入れないで、何もしないでと震えて泣いていたのに。しっとりと濡れた吐息がいくらでも零れてしまう。

「やめて………、も、やぁぁ……っ」

「……可愛いな。こっちもちゃんといじめてあげようか」

放りっぱなしにされていた左の乳首は、唾液を塗した指の腹でまあるく転がされる。くすぐったいような、甘痒《あまがゆ》いような感覚に、叶の膝の上で佐智はもうじっとしていられない。足を叶の腰に巻き付け、もっとして、というように左手を叶の形のいい後頭部に添えてしまっていた。

「あん…っ、ん………ん」

執拗に佐智の乳首を愛撫する一方で、男の手は、ゆっくりと佐智の下腹に向かっていた。

キスや乳首への愛撫でもうすっかり大きくなっていた佐智の性器は、下半身でわだかまっていたバスローブの下に隠されてしまっていたが、分厚いタオル地を除《の》けると、恥ずかしげもなくぴょこんと飛び出して来た。

叶は佐智をからかうように、大袈裟《おおげさ》に目を見開く。

「驚いた。まるでビックリ箱だ」

「……いやだ…っ」

「いや、じゃない。おもちゃみたいで可愛いと言ってるんだ」

先端の窪みには、きらきらと潤いを溜めてしまっている。その雫を指ですくい上げて、嫌がる佐智の唇に塗り付ける。

「ん………っ」

苦い味に体を竦ませる佐智は、体中にキスを受けながらシーツに横たえられ、足を大きく開かされる。尻が完全に上向いてしまう。その姿勢には覚えがあった。昨晩、佐智はこの姿勢で、秘密の場所に初めて男を受け入れたのだ。

「するの……、さっきのところ、するの……っ？」

今からセックスをするの、尻に叶を入れるのと拙《つたな》く問うたが、あまりにも直截《ちょくせつ》な佐智の物言いがおかしかったらしい。叶は笑ったまま何も答えてくれない。

足を深く折り曲げられ、両腿の付け根に叶の唇がゆっくりと近付く。何をされるのか分からず、佐智は固唾《かたず》を飲み、泣き腫らした目で、叶が何をするつもりか見守っていた。そしている。

「いやああっ！」

佐智は驚きのあまり絶叫する。叶が、佐智の腫れた窄《すぼ》まりにキスしていたからだ。

昨日散々嬲《なぶ》られたとはいえ、体の中で一番汚いその場所を指先で寛《くつろ》げられ、口付けられている。

「やめて！　やめてっ！　そんなのだめ‼」

泣き叫んだが、佐智の下半身はがっちりと固定されていて、上下に揺することさえ出来ない。子供の喧嘩《けんか》みたいに叶の髪をつかんで拒絶を示すことが精一杯だ。

「おねがいです…、おねが、い、そんなとこきたないよ………っ」

「汚いわけがないだろう。お前の体のどこにも、汚い場所なんかない。どこもかしこも綺麗で可愛いよ」

「あ、………っん………！」

裏返った粘膜が唾液でふやけるほどたっぷりと愛撫されて、すっかり解《ほぐ》された蕾に、力を込めた舌先がぐっと押し入って来る。

「んあぁ……！」

柔らかな襞をざらついた舌が通過する感覚に、ひくん、ひくん、と掲げられた足が痙攣《けいれん》する。

「あ……ぅ、はあ…………っ」

本気で嫌だと思っていたのに。

こんなに罰当たりな行為が本当に嫌で、体中を捩らせて、泣いて泣いて叶に訴えた。だけど、背中をばたばたと蹴っていた足に、だんだん力が入らなくなる。

いつしか佐智の抗議の声は、弱々しく、甘くなっていた。

「あっ……やっ……や……、あぁん……っ」

とろりと濡れた触感が気持ちよくて、無意識のうちに、体が叶の舌の動きを追い始めた。中をくちゅくちゅとかき回されると腰が前後に揺れ、表面をぐるりと丸く舐められれば、尻が丸く振れてしまう。

もちろん、叶も佐智が従順になりつつあることに気付いている。

「イヤイヤ言ってた割には、もうこっちはこんなじゃないか。後ろを舐められただけでこんなに感じて」

「んん！　くっ！」

蕾への愛撫にあられもなく勃起している性器の先端をぴん、と弾かれてしまう。

息を飲んだその時、叶の指先が佐智の窄まりに押し当てられた。その硬い感触に、佐智は我に返る。何も入れないで、お願いだから、と懇願した場所に、本格的な準備が施されている。

　また泣き出しそうになった佐智を見て、叶は思いも寄らない淫らな誘惑を口にした。

「一緒にしようか」

「………え？」

「俺にここに指を入れて解されるのが怖いなら、お前も一緒にすればいい」

「な、に………っ、何………？」

　叶は佐智の左手の指に手を伸ばして人差し指を口に含み、唾液を塗すと、それを佐智自身の足の間に導く。佐智の細い指は、自分の窄まりに添えられた。

「あ………っ」

　叶の瞳を見上げる。人にされるのが怖いなら自分でしてごらん。男はそう、佐智に言っているのだ。

「ん………」

　指の先端が窄まりに入り込む。ちゅぷ、という水音を聞いて、佐智は羞恥に真っ赤になった。叶に手を支えられていても、これではまるで、自慰させられているみたいだ。左手に力を入れてそれ以上の挿入を拒むと、叶はあやすように、半ば萎えかけた性器の先端にキスした。

「あ、ああっ！」

「……いい子だ、今、第一関節まで入ってる」

「う、ん………っ」

叶のフェラチオとともに、佐智の指はどんどん自分の中へもぐり込んでしまう。

少しも知らなかったけれど、佐智のそこは信じられないくらい熱くて柔らかい。散々叶の舌が出入りして、唾液をたっぷりと含んでいるせいか、とろとろに潤んでいて、食い締めている指先が………気持ちがいい。

「…………あん……っ、ぁん……！」

無意識のうちに佐智は自分の左手を幼い手付きで揺り動かしていた。浅い場所に溜まっていた唾液を筒全体に塗り込めるように、うんと大きくグラインドさせる。

「そんなに深く突き立てて…痛いんじゃなかったのか？」

「ん、だって、指、が…ゆび、も……っ」

「指も？」

すごく気持ちがよくて、もう、羞恥心は霧散してしまっていたから。はあ、はあ、とはしゃいで走り回った子犬のように舌を出して、佐智はその恥ずかしい発見を、つい口走ってしまった。

「指も、気持ちい……っ」

「……そうか」

叶はひっそりと笑って、自分の指も佐智の中に挿入した。

内部で指と指を絡められ、同時に蠢《うごめ》かされる。佐智は今、叶の小さな共犯者となっていた。

「あっ、やっ………やぁぁん………」

「ああ…本当だ。本当に気持ちがいいな、お前の中は」

「あ……っ、ああ………！　や、そんなに揺すっちゃ、や……っ！」

一緒に佐智の内奥を探りながら、佐智の小さな尻に手をかけ、二人の指を素直に受け入れ、綻んでいる蕾の様子を検分している。

「ああ、はあ……、はぁ……っ」

「可愛いよ。びっしょり濡れて俺と自分の指を咥え込んでる」

「イヤ、言わない、で…………っ！」

呼吸が乱れるにつれ、性器はいっそう充血し、自身の蜜でびしょびしょに濡れ始める。叶が時々意地悪く指の動きを止めてしまうので、そうすると佐智はそれまでの倍も激しく、自分を慰める羽目になる。内部が、もう限界だと訴えるようにひくん、ひくん、と収縮を始めた。

「あ……っ、いいっ……………ん」

イヤだ。きちんと衣服を身に着け、息一つ乱していない叶の見ている前で、自分で弄《いじ》りながら達してしまうなんてそんなのはイヤだ。

これは、佐智にとっては強姦なのに。

神様に背く行為を、無理矢理強《し》いられているだけなのに。だけど、我慢なんか出来なかった。

「ああっ！　……………ダメ……………！」

はしたない喘ぎ声が、切ないすすり泣きに変わった瞬間。

佐智はとうとうシーツの上に欲望を吐き出した。きゅううっと背中が緊張し、蕾がきつくきつく自分と叶の指を締めつける。

数回痙攣して、佐智は数拍気を失っていたらしい。

ふと目を開けると、さっきまで自分の内部にあった指が、てらてらと濡れて、シーツに放り出されていた。強烈な快感の余韻のため、上手く力が入らない。

しかし、もちろんこれで終わりではない。

「……………あ……………？」

体をさらわれて、いつの間にかベッドの上に横たわった叶の上に座らされた。尻の真下には、叶の屹立が当たっていた。

「お前のその姿を見てるだけで、もうこんなだ」

叶が、佐智の耳元で熱っぽく囁きかける。すっかり乱れた佐智を見て、叶も十分に欲情していたのだ。

「……あ、あぁ………っ」

「自分で入れてごらん。指だけじゃ、足りないだろう」

一度達してすっかり緩んだ佐智の蕾に、叶の楔《くさび》を真下から自分で打ち込んでみろ、と言う。

「いや、いや、そんなのイヤだ………っ」

すっかり怖《お》じ気《け》づいて、佐智は叶の体から転がり下りた。そんなことをしたらどんなに苦しいか、経験の乏しい佐智にだって想像がつく。

「そんなのイヤ、だって、深くなっちゃうよ……！」

「深い方が気持ちいいはずだ。お前だって嫌いじゃないだろう？　気持ちいいのは」

ずるずると後ろに逃げると、濡れた窄まりがシーツと擦れて透明な線を描く。叶は佐智の逃亡を阻止し、腰をつかんで再び自分に跨らせた。

「ふ………、ひっく………っ」

恋人同士のセックスのはずなのに。いたぶるような目をしている叶は、決して佐智を許すつもりはないようだ。自分の指で散々乱れておいて、深いのは嫌だ、なんて今更だと意地悪く囁く。

佐智は覚悟を決め、泣きながら腰を浮かせ、さっきまで自分で弄っていた蕾に叶をあてがった。

「………ん、ん……」

息を詰め、ゆっくりと腰を落とす。自分の指とは全然違う。みちみちと、音が聞こえるくらいに暴かれる感覚は明瞭だった。

いくら濡らして解していたと言っても、大人の男の勃起は到底易々と飲み込めるものではない。中途半端に途中まで収めたところで、佐智は汗だくの額を叶の胸に擦り付けた。

「も、むりです……！」

「お腹《なか》いっぱいか？」

「うんん………っ」

こんなにもいやらしいことをしながら、子供をあやすような言葉で尋ねられるから、そのギャップにいっそう恥ずかしくなる。

「いっぱい…、も、く、るし……っ」

「大丈夫だ。一緒に、ちゃんと奥まで解したろ？　もう少し我慢して、ゆっくり動いてごらん。じっとしてると余計に苦しいんだ」

叶はしっかりと、佐智の手を握ってくれた。手のひらの温もりで安堵《あんど》させながら、きちんと溺《おぼ》れられるように、冷静に快感へと導いてくれる。

こんな状況でも、大人に甘やかされるのは意外なほど心地よかった。佐智は素直に体を起こし、細かに震えながら男の目を見詰めた。

「おいで。意地悪はもうしないよ」

そのかされるままに、足首に力を入れて、叶を咥え込んだ尻を前後に振る。ぐちゅ、と一番奥まで入る音がして、佐智は息を詰める。

「は……」

叶の性器の括れが抜けてしまわないように、腰を浮かし、またゆっくりと沈める。もう一度、粘膜を逆立てるように慎重に一番奥まで咥え込む。叶が言った通り、中途を過ぎれば意外に苦痛はなかった。徐々に、深く、速く腰を使う。そして少し体を前屈みにしたその途端、思いも寄らない強い感覚を受けて佐智は悲鳴を上げた。

「あああっ⁉」

「……どうした」

「あ、あ？　んぁ…………？」

体中から、どっと汗が噴き出す。佐智の体の奥には、信じられないほど敏感な快楽のボタンがあったのだ。それは何か、ぷつんと硬く凝《しこ》っていて、叶の性器と擦れると、頭の中が真っ白になるくらい感じてしまう。

「ひ……っう」

「ああ、ここか。気持ちいいのか？」

「ちがう、ちがいますっ！」

否定しても、叶からも丸見えだろう。

佐智の性器の先端は、「そこ」が小突かれる度にとろりと先走りを溢れさせた。それを知らしめるように、叶は佐智の性器を大きな手のひらでたっぷりとつかんだ。

「……………ひっ！　あぁん！　だめぇ……」

上下に擦られる、そのリズムで佐智を誘導している。

叶もゆっくりと佐智を突き上げ、佐智の小さな体は、叶の上でおもちゃのように跳ね回る。汗が飛び散って、切ない息遣いと、佐智の尻と叶の腰がぶつかる卑猥な音が聞こえた。

「あ……、いい……………っ、あぁん………！」

「いい子だ…熱くて、きつくて気持ちがいいな、お前のここは」

佐智の感じやすい凝りが引っかかれ、いじめられる。たまらない快感に、縋るように男の肩に爪を立てると、尻をしっかりとつかまれて、また激しく突き上げられる。

そのリズムがどんどん速くなる。男がいっそう深く抉った途端、再び頭の奥が真っ白に染まるほどの絶頂に襲われた。

「あぁ────ッ……！」

悲鳴と共に、ひくひくと全身を痙攣させる。次の瞬間、佐智はシーツの上に押し倒され、骨が折れるほど強く、男に抱き竦められた。快楽に耽《ふけ》る佐智に、もとより叶も限界間際にいたのだ。

「あ………ああぁんっ………」

男が一番可愛がっていた、佐智の最奥。そこに体が戦くような熱い迸りを感じる。

晶――――晶。愛してる。

――――愛してる。佐智が絶頂にいる間、何度も何度も叶はそう囁いた。まるで佐智そのものに溺れ、愛を伝えようとするみたいに。

やがて、佐智はくったりと叶の上に崩れ落ちた。

「……可愛いな、晶」

男が熱っぽく囁くのが聞こえる。

「天国が、見えただろう？」


目を覚ますと、佐智はバスルームにいた。

温かいお湯の中でゆったりとリラックス出来るよう叶が配慮してくれているのか、バスルームの中は蠟燭《ろうそく》を灯した程度の明るさしかない。佐智は泡がたっぷりと立てられ、薔薇の花びらを落としたバスタブの中にいた。そこで汚れた体を丁寧に洗われているのだ。

髪も、手の指も、足の指の間まで全部。佐智を汚した男が、佐智を清めている。

スポンジケーキに甘いクリームを飾るみたいに、叶はたっぷりと佐智の肌に泡を塗り付け

る。

もう叶には触られたくないと思うのに、こんな風に直截的に甘やかされると、凝っていた心が今だけは少し、蕩けていくのを感じる。温かくて、柔らかくて。優しくされるのは、佐智も本当は大好きだ。普段は子供たちの面倒を見るばかりだから、自分が甘やかされると余計にそう思うのかもしれない。

うとうとと目を閉じていると、叶は何を思ったのか、泡の塊を二つ佐智の頭に載せてみる。

「はは。猫耳だ」

大人のくせに、子供みたいなことをして楽しそうに笑っている。自分の着替えもそこそこに気を失った佐智の世話をしてくれているのか、シャツにスーツのボトムのままだ。だけど佐智はぷいと顔を背けた。

「猫じゃないです。耳、ちゃんとあるから」

だが、そんな佐智の生意気を見過ごす叶ではない。

耳があるなら尻尾《しっぽ》は？　と囁いて、佐智の足の間に手を忍び込ませる。

「ダメ…っ」

慌てて三角座りの格好で股間を庇《かば》ったが、この強引な男の前ではまったく無駄な抵抗だ。

駄目、と言っているのに、散々叶を飲み込んですっかり緩んでしまっている佐智の蕾に指が押し入って来る。

「あぁっ……や、だったら……！」

「……溢れてきたな。まだとろとろだ」

佐智は足を開かされふるふると体を震わせる。佐智の体温より、もう少し温度が高い体液がたっぷりと溢れて来ているのだ。

佐智のそこに、叶はたくさん欲望を放った。

佐智は途中で何度も気を失って、けれど次の快感にまた翻弄《ほんろう》されて。最後には、訳が分からなくなって叶の背中に爪を立てて泣き叫んだのだ。

叶は真っ赤になってやみくもに暴れている佐智の反応をじっと眺めながら、内部に収めた指をくん、と鉤状《かぎじょう》に折り曲げた。際どい悪戯に、慌てて股間にある叶の両手首をつかむ。

「や！　広げないで、お湯、入っちゃう……」

「指が二本も入っていっぱいいっぱいだ。湯が入る隙間なんかないよ」

「お願いです、いやらしい、ことは、もう……」

しないで欲しい。佐智は『晶』とは違うのに。変な悪戯をするなら体を洗ってなんてくれなくていい。普通に、お風呂に入らせて欲しい。こんなじゃれ合いっこ、まるで本物の恋人同士みたいだ。だけど、叶と恋人同士でいるのは表面上だけのこと。心の中には、入って来ないで欲しい。

「う、ん……イヤ」

そう思って逃げ惑うのに、狭いバスタブの中で佐智はすぐに捕まってしまう。叶は大胆にも着衣のままバスタブに足を突っ込み、佐智の体を濡れたタイルに押し付けてしまった。

「や、待って……！」

「いい子だ、晶。お前は本当に可愛いよ」

力を抜きなさいと、つむじにキスされる。もう何をされるのかは明白だった。

「あああ……っ」

蜜色の光の中で、背後から一気に刺し貫かれた。

佐智はタイルに縋り付くように、爪を立てる。ベッドの中だけじゃない。叶はいくらだって、『晶』を欲しがる。さっき交わしたばかりで、まだ叶の容《かたち》を覚えている佐智の狭い窄まりは、たっぷりと水音を立てて叶を受け入れていく。

「……やっぱり、お前が言う通り中に湯が入ったのかもしれない」

「う、ん………っ？」

官能を抑制した男が、低い声で佐智をからかった。

「さっきより、ずっと熱くなってる」

「ばかばか！　そんなの、嘘だ……っ！」

恥ずかしい指摘に、薄暗い、湿度の高い室内に佐智の嬌声《きょうせい》が響く。

「……はぁ、………あ……イヤ…っ」

佐智の体は恐ろしいほどの勢いで、叶が与える快感に応じるようになっている。贅沢と、甘美なセックスに溺れて、清貧を目指した教会での生活が塗り替えられていく。

堕落。

そんな言葉をはっきりと聞いた気がした。

天にまします我らの父よ
願わくは御名の尊《とうと》まれんことを　御国の来《きた》らんことを
御旨の天に行わるる如《ごと》く　地にも行われんことを
我らの日用の糧を　今日我らに与えたまえ
我らが人に許す如く　我らの罪を許したまえ
我らを試みにひきたまわざれ　我らを悪より救いたまえ

書庫の窓辺で膝をつき、佐智は日課であるお祈りを捧げていた。

十字架はないけれど、その分両手を強く組み合わせる。

教会にいた頃は、三度の食事の前には必ずこのお祈りをしていた。学校でのお昼は、同級生たちがいる食堂で手を合わせるのはなんとなく憚《はばか》られて、質素な弁当をこっそり中庭に持ち込んで一人で食べるようにしていた。

今は叶がいない時に、佐智は書庫の隅でそっと十字を切る。短い間なら、サンルームを抜け出しても何とか咎められずに済んでいる。

「悪いな、邪魔した。祈りの最中か」

声をかけられて佐智が顔を上げると、扉から入って来たのは久遠だった。相変わらず無愛想な、怒ったような顔で佐智を見下ろしている。

最初に、佐智が何故この屋敷に連れて来られたのか、彼に説明を受けて以来三日ぶりだった。

「いいえ、今、終わったところだったので」

「信心深いんだな。宗教なんて、死ぬ間際の老人のためにあるもんだと思ってた」

「子供の時から、教会で生活してきたから……習慣になってしまって。一日でも欠かすと罰が当たるような気がするんです」

生真面目《きまじめ》に応じながら、佐智は困惑してしまう。

叶や執事と同じく、佐智はこの男にもどう対応したらいいのか、よく分からなかった。

この屋敷での佐智の役割を教えてくれたのは久遠だったが、決して進んで叶の片棒を担いでいる気配もない。だが、叶の異常な振る舞いを制してここから助け出してやろうと言ってくれる様子もなかった。

「元気にしてるか？」

「――何とか」

「叶に、何か無茶はされてないか？」

「…………」

「されてない、わけないか」

答えようがなく、無表情でいる佐智に、久遠は疲れたように溜息をついた。佐智が「恋人」として叶に何をされるか、事前に教えたのは彼なのに。叶が佐智に無体《むたい》していることに酷く不愉快そうな顔をする。

「今は、信仰を捨てた方が君のためかもしれない。神様を信じてる分、ここで起こることは君には苦痛ばかりだろう」

「――それは出来ません」

佐智は静かに、けれど毅然《きぜん》と答えた。繊弱な容姿に見合わず、きっぱりと拒絶を示した佐智に、久遠は意外そうな顔をする。

「確かに俺は、叶さんの恋人の代わりになるって約束しました。だけど、それは体だけをお渡しするつもりでいます。心はあくまで俺のものです。誰にも――神様以外には決して渡せない。お祈りをして、勉強をして、働いて。そうじゃなきゃ、人は幸福にはなれないと思います」

それは久遠への反論だけではなく、ここにはいない叶への抗議の気持ちでもあった。

叶は毎日、際限なく、佐智を甘やかしている。もちろん体の関係も強要されているけど、佐智が嫌なのは、それだけじゃない。

毎朝、目を覚ますとぴったりと骨格に沿う上質な衣服が用意されている。

朝食は少し遅くにたっぷりと時間をかけて食べ、日中はサンルームで惰眠《だみん》を貪《むさぼ》り、美食三昧《ざんまい》で、傍には常に愛らしい菓子と熱いお茶が用意されている。

叶は仕事の合間に暇さえあれば佐智に構う。いきなり抱き締められたり、からかわれたり、少しエッチな悪戯を仕掛けられたり。そして夜には――

まるで蜂蜜漬けの果物になったような気持ちだ。大切にされて、甘やかされて、ぐずぐずと腐り果てる寸前のようにふやけて、甘い蜜に浮かぶでも沈むでもない。

それはとても恐ろしい感覚だった。

佐智は、『晶』とは違う。こんな生活を甘受することは出来ない。

堕落してはいけない。汚れていても、我儘でも、それでも愛される人間とは――『晶』とは、佐智は違うのだ。

一週間が終わったら、きっと佐智はここでの生活を神様に懺悔する。そして、何もかも忘れて、また清い日々を取り戻す。きっとそうしてみせる。そう思うのに、時折、堪《たま》らなく怖くなる。

このままあと数日、叶の傍にいたら。この屋敷に閉じ込められて、何をするにも先回りされて、手を引かれて甘やかされてばかりいたら。いずれ佐智の意志など、なくなってしまうのではないか。そんな恐怖を、じんわりと感じる。

だけど、やはり、不躾《ぶしつけ》な好奇心だとは思うけれど、気になるのは――――こんな贅沢を当然のものとして受け入れていた『晶』の人物像だ。叶の、最愛の恋人だったという人は、いったいどういう人だったのだろう？

「……晶さんって普段は何をされていた方だったんですか？　お仕事とか」

「画家だよ。芸大を出て絵を描いていた」

まだ知らなかったのかと、久遠は驚いた様子だった。『晶』は画家としてはまだ若かったが、相当な売れっ子だったらしい。そして叶はそのパトロンであり、恋人だった。仕事を通じて出会ったその日に恋に落ちた二人は、この屋敷で恋人同士として、仕事相手として暮らしていたが、風景画専門の画家である晶は一年前のある日、スケッチのために旅行に出かけた。

「そこで海に行った時、足を滑らせて崖《がけ》から落ちたんだ。遺体は上がらなかった」

叶にさり気なく聞いてみようと何度か思ったけど、やはり聞かないでよかった。恋人をそんな形で失った話などしたくもないだろう。

それは、叶はエッチで強引で悪い人だけど。神様の罰が当たればいいと今でも本気で思っているけど、佐智自らがわざわざ悲しませてやろうとまでは、思えない。

「絵画の才能に恵まれて、芸大生だった頃から画壇のプリンス扱いされて。叶は晶に一番早くに目をつけた美術商だ。ギャラリーの一つを晶専用にするくらいの入れ込みようで、晶の画才にとことん惚《ほ》れ抜いてた」

写真を一枚見せられたきりでどうしても人物像がつかめずにいたけれど、やっと今、自分が身代わりをしている『晶』のイメージが脳裏に浮かんだ。

似ている、と言われたので自分と同じ、叶の強引さに引き摺られるような気持ちの弱い人、かと思ったが寧ろ正反対だったらしい。

どんな贅沢にも臆しない。才能に恵まれた人間独特の、傲慢さと華やかさを持っている。風景画専門、という単語には自由奔放《ほんぽう》、大胆という印象が伴う。だからこそ、叶が与えるすべてを当然のものとして受け入れていたのだ。そしてそれが、『晶』の最大の魅力だったらしい。

「人気商売についてたけど、晶は他人に媚《こ》びたり自分の作風を曲げたりすることが一切なかった。もしかしたら、叶は晶のそんなところに惹かれたのかもしれない。あいつはちょっと変わった一家に生まれて、美術品なんかの無機物にばかり囲まれて生きて来て、大人になったらなったで今度は大金持ちの美術商としてどこに行っても下にも置かぬ扱いを受けてる。多分、人を人とも思わない、世の中を見縊《みくび》ってるというか…何の価値も見いだせないでいるところがあるんだ。そんな叶にとって、『晶』は新鮮で強烈な存在だったんだろう。叶の家族が、早くに亡くなってることは？」

そう問われて、こんな風に聞いている、と佐智が話すと、久遠は頷いた。

銀の銃に纏《まつ》わる凄惨《せいさん》な事件が起きたことは、事実らしかった。それによってまだ年若かった叶に一族を率いる重責がかかることになったらしい。だから叶の金銭感覚や人権感覚はかなり歪《いびつ》なのだ。

そんな叶の重い愛情を真正面から受けて、晶は怖いとか、逃げ出したいとか、そんな風に思わなかったんだろうか？

それとも、そんな叶の異常性ごと愛せるような、強い、心の広い人だったんだろうか。

「晶さんは、きっと強くて優しい人だったんですね」

暗闇を出ていきなり強い陽射しを受けると、一瞬視界は真っ白になる。そして頬に、ただ太陽の暖かさを感じる。悲しいことも、つらいことも、何も考えられなくなる。叶にとって、『晶』はきっとそんな人だったのだ。

それきり押し黙る佐智に、久遠は顔を上げた。佐智は視線を足元に落とす。

「どうした？」

「……なんか、そこだけ分かると思って」

「分かる？　君に、叶の気持ちが？」

「俺も、家族を亡くしてるから。うんと賑《にぎ》やかな人に傍にいて欲しいって、そういう風に思うのは分かります。もしもその人もいなくなったら、代わりの誰かが欲しくなるのも…俺だって何回も何回も、何回もお祈りしたから。神様に、家族を返して欲しいって」

教会に引き取られたばかりの頃のことだ。

自分の存在を形作ってくれていた家族を、佐智は亡くしたばかりだった。あの頃、もしも例えば、父や母によく似た誰かを街で見かけたら、嘘でもいいから頭を撫でて欲しいと佐智は思ったはずだ。抱き上げて、佐智、と呼んで欲しい。

そうだ。あの時佐智は、あとほんの少しで壊れてしまうところだった。愛する人たちを失って、佐智はまだ子供だったけれど、それはこの世で最も惨く、取り返しのつかない不幸だということを理解していた。

引き取られた施設で神様の御前に引き出され、小さな希望を与えられなければ、佐智の心は壊れていた。清い心を持って、他人に奉仕して。正しくありなさい。そうすれば、いつかきっと幸せになれるから。神父様の言葉を、佐智は今も信じている。

「じゃあ、この先、叶が幸福になることは有り得ないな。無関係な君をこんなに困らせてる」

「……そんなことありません。これから反省して、善《よ》い行いをすれば、神様はきっと叶さんにも祝福を下さいます」

「悪者にも日の光は平等に注がれる、か」

相変わらず淡々とした様子で、久遠は腕組みしたまま壁に凭れている。

「俺も、君にとっては悪人の一人になるんだろうな、君を助けようとしない。それについて、説明一つしやしない」

「………」

「だけど一つだけ、君に分かっていて欲しいことがある」

傍の窓から、目を開けていられないほど強い日光が差し込んだ。ガラスの向こうで、太陽が雲の切れ間に差しかかったのだろう。

手をかざし、佐智は首を傾けて久遠を見上げた。

「君を叶の悪巧《わるだく》みに巻き込むことになって、こんなところに閉じ込めることになって、本当にすまないと思ってる。俺も叶には幸せになって欲しいと思ってた。叶と晶にだ。美術商と画家が、お互いを思い合って幸せになって欲しい。本当に——今でもそう思ってる」

彼の言葉を聞きながら、佐智は何度か瞬きを繰り返した。今、何か違和感を覚えた気がする。

——お互いを思い合って幸せになって欲しい。本当に——今でもそう思ってる。

どうしてだろう？　何を奇妙に感じたんだろう？

だが、それを深く問うことは出来なかった。

「晶、またここにいたのか」

叶が書庫に入って来たからだ。今日は銀座のギャラリーに出ていた叶はやや渋めの紺色のスーツに空色のシャツを合わせて着ていた。ネクタイは群青と黄色の細かな織りだ。仕事を終えたばかりで颯爽《さっそう》とした様子の叶は、その手に、小さな宝石箱を持っていた。

それから細い目を憮然《ぶぜん》と眇《すが》めている友人に気付く。

「何だ、来てたのかお前。こんな薄暗い場所で二人でいて、晶におかしな真似をしてないだろうな」

「お前と一緒にするな。なんだその宝石箱は。何を浮かれてるんだ」

「この前、柏木に注文させた商品が届いた。晶が気に入ってたチョーカーだ」

「……チョーカー？」

叶が手際よく宝石箱の蓋《ふた》を開けると、中には確かにアクセサリーらしきものが鎮座していた。黒いビロードのリボンに、複雑にカッティングされたピンク色の宝石がぶら下がっている。

佐智は不思議に思って首を傾《かし》げた。これはどう見ても女の子が着けるものだ。いったいこれが何だと言うんだろう？

「……これは？」

「ピンクダイヤだ。カタログを見た時に欲しいって言ってたろう」

「ええっ⁉」

一瞬、佐智は足が竦むのを感じた。そして唐突に思い出した。

叶の仕事部屋で悪戯をされながら、ダイヤモンドのカタログを突き付けられた。どれか一つを選ばないとのっぴきならないことになりそうで、確か、目についた一つをいい加減に指差したのだ。

久遠はそのダイヤの価値が一目で分かったらしい。

「……お前、まさか買ったのか、これを！」

「そうだ。イタリアから取り寄せた」

「イタリアから⁉　まさかミア・カッデリーニか⁉　いったい誰が着けるんだ、そんな馬鹿高いもの――」

それから、はっとしたように蒼白《そうはく》になっている佐智を見下ろす。

「……まさか……」

「当然だろう。これが欲しいと言ったのはこいつだ」

佐智はじりじりと後ずさりながらかぶりを振った。どんなつもりで叶がこのアクセサリーを買ったのか、よく分からなかった。まさか本当に佐智に、ピンク色の装飾品を着けさせるつもりなんてないと思う。

だけどカタログを見たから、佐智だってこのダイヤモンドがいくらなのか知っている。四千万円だ。四千万円。眩暈がした。

叶の浪費に久遠が呆《あき》れ、佐智が気絶しそうなほど困惑していると、書庫にしずしずとメイドたちが数人入って来た。久遠はこれ以上驚かされるのはごめんだと言いたげに叶を睨む。

「おい、今度は何が始まるんだ」

「せっかく晶に似合いそうな宝石を買ったんだ。しばらくここで退屈させてるから、たまには外出するのもいいだろう」

叶はメイドたちに指示を下す。

「まずこいつを風呂に入れてやってくれ。ドレスは衣装室に運んである。メイクはフルで、ああ、ダイヤに合わせてピンクをメインで頼む。最高の盛装をさせるんだ。俺のブラックタイとつり合うように」

「ちょ、ちょっと待って下さい、ド、ドレスって⁉」

しかし抵抗も空《むな》しく、佐智はあっという間にバスルームに放り込まれ、数人の大人に囲まれた。体を隅々までくるくると洗われたら今度は、特別なライティングがされた鏡台の前に座らされる。化粧をするためだ。

香料入りの化粧水に、乳液。丁寧に下地が塗られるが、佐智の肌は肌理《きめ》が素直なので、ファンデーションがすうっと馴染む。ラメが入った粉を、ふわふわのパフではたかれると、頬の辺りにふわりと虹色の光が漂う。唇には桃色のグロスが薄く、丁寧に塗られ、その代わりにマスカラはゴールドのゴージャスなものが選ばれる。

ドレスは黒いヴェルベットのAライン型ミニドレスだ。背中は大胆に剝き出しになっているが、佐智の華奢《きゃしゃ》な体格や、胸が平坦《へいたん》なことを上手くフォローしている。肩甲骨を羽根に模して虹色のラメが塗られ、そして素足にはたっぷりのファーを付けられた華奢なミュールをはかされる。細い、高いヒールは叶の手に縋らなければ数歩も歩けない。

五時間後、鏡の前に立っていたのは、時間と手間をたっぷりかけて磨き上げられた少女だった。

「…………」

佐智は自分のあまりに酷い有様に絶句してしまう。こんな、女の子の格好をさせられるなんて。これでは恋人というよりお人形扱いだ。

すでにブラックタイを身に着けた叶が背後から鏡を覗き込む。そうして心から満足そうに、溜息をついた。

「思った通りだ。白絹のドレスも用意させておいたけど、こんな深い黒もよく似合う。鎖骨から首のラインがコケティッシュで、小悪魔みたいだ。――それからこれを」

叶の手によってピンクダイヤモンドのチョーカーが首に巻かれる。

よく似合うよ、と叶は誉めてくれるけれど、ちっとも嬉《うれ》しくないし、その額を思うと体が震える。もしもこのダイヤを失《な》くしたら、佐智が死ぬほど働いたって弁償することは出来ない。

しかも、さっき叶はこの格好の佐智を外に連れて行くと言ったのだ。

「俺、行きませんから！　どこにも行かない！　こんな格好で外になんか行きません！」

「なんだ、また癇癪《かんしゃく》を起こして。お前は俺と一緒にいると怒ってばかりだな。どう思う、久遠」

コメントもなく佐智を見ていた久遠を、叶は振り返った。

叶に声をかけられて、佐智を見ていた久遠ははっと我に返ったように目を見開く。今夜の外出に同行するのか、彼もブラックタイを身に着けている。叶と並ぶと、俳優とプロ野球選手とでもいうような組み合わせで、タイプが違う分何とも華やかだ。

「どうした。晶があんまり可愛いんで見惚れたか」

「いや、まあ……到底男には見えないな」

「だ、そうだ」

「そういう問題じゃないですっ‼」

佐智は二人の男の前で地団太《じだんだ》を踏んでみせる。

佐智は本気で怒っているのだ。佐智は、本当なら叶を刃物で刺して逃げたって不思議はないほど酷いことをされているのに。この上、女装させられて見世物にされて。こんなのあんまりだ。

半泣きで唇を噛んでいる佐智に、叶はやれやれと肩を竦める。

「駄々をこねるな、晶。今夜はオークションに連れて行ってやろう。お前を取引先の人間に見せびらかしたいんだ」

「オークション……？」

「そう。美術品のオークションだ。綺麗な人間は、綺麗なものをたくさん見て美貌と感性を磨くのも義務だ。もっとも、お前以上に綺麗な品が出品されるとは思えないけどな」

そんな風に嘯いて、佐智の怒りなんて軽くあしらう。久遠は静かに佐智を見ている。その視線に、一瞬何か労《いたわ》しいようなものを認めて、佐智はいからせていた肩から力を抜いた。

――そうだ。『晶』は絵を描いていたと言っていた。画家だったならば、美術品が多く集められるオークションに招待されたら、『晶』はもちろん喜んだろう。

叶は単に『晶』が喜ぶと思ったからオークションへ連れて行ってやろうと思ったのだろう。

もしかしたら悪ふざけで、『晶』に美しく女装させて華やかな場所にいる人たちをからかって遊んでいたのかもしれない。そんな風に、『晶』との思い出に浸っている。

そう思うと、女装させられることも何故かそれ以上嫌とは言えない。

鏡に映る女の子が首に着けているピンク色の宝石を、佐智は困惑顔でつついた。

久遠が運転するアウディは、都心の超高級ホテルに向かう。その最上階のスイートルームがオークションの会場だった。

佐智をエスコートする叶と、久遠が入場するとすぐに、このパーティーの主催者である女性が近付いて来た。朱色のチャイナドレスを着た五十代らしい美貌のマダムだ。彼女は佐智を見るなり華やいだ声を上げた。

「まあぁ、何て愛くるしいお嬢様かしら。叶様と久遠様がお二人してオークションにいらっしゃるなんて珍しいことと思ってましたのに、素敵な恋人を自慢したくってわざわざいらしたのね。憎たらしいこと」

「彼女は今、アルバイトで僕の仕事の手伝いをしてくれてるんですよ。美術品にも興味があるようだし、今回はいい勉強の機会だと思って連れて来ました」

「あらあら、他の美術商の方々には大変なライバルの出現というわけね。目が大きくて、澄んでいらっしゃるから、審美眼もきっと鋭くていらっしゃるわ。お嬢様、お名前は？」

「あの……沢村――」

「晶です。どうぞ仲良くしてやって下さい」

叶は思わず本名を名乗りかけた佐智をさり気なく遮り、マダムに笑いかける。

このスイートルームで行われるのは、都内の一流の美術商や大金持ちの美術品の愛好家たちだけが招かれるオークションパーティーだという。ブラックタイの男性がブランデーを飲み、夜のパーティーであるため女性たちは大胆にデコルテが開いたドレスを着て、笑いさざめいている。

マントルピースでは炎が豊かに燃え盛っている。飾られたカサブランカの香りと香水の匂いが交じり合って、何だか頭がぼうっとする。

ここは佐智がまるで知らない世界だ。

叶は優雅に、物慣れた仕草で知り合いと挨拶を交わす。久遠も暖炉《だんろ》の傍で先ほどのマダムと談笑の最中だ。居心地悪く俯く佐智に、叶が耳打ちした。

「俺は少し商談があるから、お前はダイニングルームにあるテーブルに行って好きな物を食べておいで。お前の好物がたくさん並んでる。ケーキももちろん食べ放題だ」

「……別に、……ケーキなんか好きじゃないです」

女の子の格好をさせられていることにまだ不機嫌な佐智はぷっと頬を膨らませている。

しかし、叶はいきなり佐智の尻を叩いた。

「いったー！　おしり叩いた！」

「堂々と、背筋を伸ばしてごらん。君の顔も体も、全部周囲に見せ付けてやるんだ」

佐智はきゅっと唇を噛み、上目遣いに叶を睨む。精一杯の反発だ。こんな女の子の格好をして、何だってわざわざ周りの人に見せ付けてやらなければならないのか。

だが、叶は悪びれない。そしてその瞳には、若くして美術界を渡り歩く美術商としての自負が溢れていた。

「お前も知っての通り、俺は美術商だ。審美眼がすべての仕事だ。連れがいかに美しいか、人目を惹くか。それも俺の仕事への重大な判断要素になる。お前がびくびくおどおどしていれば、俺の評価も下がるってわけだ」

「…………」

「偉そうにしてても俺は美術界じゃまだまだひよっこだ。美術商に定年はないからね。百歳近くでほとんど耄碌《もうろく》してるくせに、それでもまだ美術品に魅《み》せられて美術界を仕切ろうとするじいさんは山ほどいる。それでも上に昇りたいなら俺は何をするにも一切隙を見せることが出来ない」

　確かに、この会場も周囲を見回せば、男性は老人がやけに多い。三十二歳の叶など、まさに尻に殻をくっつけたひよっこなのだ。恋人におどおど振る舞われては叶の失点になるという言葉に、嘘はないんだろう。

「さあ、行っておいで。お前は誰よりも綺麗で可愛い。ピンクダイヤモンドもよく似合ってる。少し生意気そうなのも却って魅力的だ。今すぐ裸にして抱き締めてやりたい」

　瞬時に真っ赤になる佐智の耳に、そっとキスする。

「可愛い自分をみんなに見せびらかしておいで」

　とはいえ、叶から離れた佐智はさすがに緊張して、食べ物や飲み物が山ほど盛り付けられ

たテーブルに近付く。

何故か周囲の注目が自分に集まっていることを佐智ははっきりと感じていた。

四千万円のダイヤモンドの威力なのか、それとも少女の客は珍しいのか、こちらに背中を向けて談笑していた者まで、佐智の気配に気付いて振り返るほどだ。そうして、何か眩《まぶ》しいものでも見るように目を細める。

やっぱりヘンなのかな。男だって、やっぱり皆、分かってるのかな。

不安に思いながらも、何とかぎこちなくピンクグレープフルーツを搾って作ったジュースを手に取る。それからこそこそと人気《ひとけ》のないテラスに向かった。叶の失点にならないようにするためには、結局誰の目にも留まらないことが一番のように思える。

本物の『晶』だったらどうだったんだろう。もっと堂々と、自信たっぷりに振る舞ったんだろうか。女装させて公《おおやけ》の場所に出るような、叶の性質《たち》の悪い遊びに余裕を持って付き合ったただろうか？

テラスに出た佐智は、一人になってほっと溜息をついた。

だが、安堵したのは束《つか》の間《ま》だ。テラスには先客がいたのだ。

「これはこれは可愛らしいお嬢さんだ。どちらからいらしたのかね」

恰幅《かっぷく》のいい中年の男だった。外に出て酔い覚ましをしていたらしい。すでにかなり酔っ払った様子で、吐く息がアルコール臭い。

そして、何だか怪しげで、胡散臭《うさんくさ》い。やたらとぴかぴかと光って見える悪趣味なスーツを着ている。三重に巻かれた金色の指輪にも品がなく、叶なら決して着けないものだ。

会場に戻ろうと思わず数歩退《ひ》いたが、無遠慮に腕をつかまれて、佐智はひっと息を飲む。若い叶の手のひらの感触とはまるで違った。生暖かくて、べたついていて、とても不快だった。

「そう怖がらなくてもいいじゃないか、もっとこっちに寄りなさい」

男は佐智の身なりと容姿に殊《こと》の外《ほか》興味を持ったらしい。

煌びやかな宝石とドレスを身に纏い、何故か身元を明かそうとせず、おどおどとしている佐智の様子は、男の好奇心を必要以上に煽るのだろう。怯え切った佐智にはお構いなしで、男は上機嫌に自己紹介を始めた。有名な建設会社、一之瀬《いちのせ》建設の社長だという。

一之瀬の足取りはふらふらなのに、腕力は強かった。佐智は乱暴に引き寄せられ、よろめいて男の腕の中に捕らえられる格好になる。

「や、やめ………」

こんな扱いを受けることにまるきり慣れていない佐智は、硬直したまま相手の無作法に抵抗一つ出来ない。佐智のうなじにぐっと顔を寄せた一之瀬が、ごくりと喉を鳴らすのを聞いた。佐智のドレスの襟ぐりからは、鎖骨が慎ましく覗いて見える。丁寧に手入れさせて、滑らかな素肌が真珠色に輝く様子は男の劣情を刺激してしまったらしい。

「いい匂いだ。これはまた随分な上玉じゃあないか…いったいどこから紛れ込んで来たんだ」

「離して下さい！」

舌なめずりせんばかりの男の声音にぞうっと寒気が募り、つい思い切り突き飛ばしてしまった。

力加減をする暇もなかったので、衝撃で佐智が持っていたグラスが大きく振れる。零れたジュースは一之瀬のシャツにかかり、派手なピンクの花のようなしみを作った。

酔っ払いというものは、感情の落差が激しいものらしい。

さっきまでにやにやと楽しげに笑っていたのに、言い寄っていた「少女」に拒絶されたと悟るや、一之瀬は顔を真っ赤にして怒り出した。

「おい、お前、俺にこんな無礼が許されると思ってるのか」

恫喝《どうかつ》されて、佐智は立ち竦んでしまう。びっくりして目を見開き押し黙った佐智が、自分を馬鹿にしているとでも思ったのか、一之瀬はますます激昂《げっこう》した様子だ。佐智は肩をつかまれて、ガラスに背中を押さえ込まれてしまう。

「このあばずれが、優しい顔をしてればつけ上がりやがって」

「…………」

「どいつの愛人だ。どうせどこぞの老いぼれにたかってるメス猫なんだろう。貴様、素性を調べて後でほえ面《づら》をかかせてやるからな」

「僕の連れが、どうかしましたか」

佐智は驚いて顔を上げた。慣れない怒鳴り声に驚いて、いったいどうしたらいいんだろうと泣きそうになったその途端に、叶が当然のように現れたからだ。

ワイングラスを片手に、叶は面白そうにこちらを眺めていた。そしてもう叶に付き合うのはいい加減うんざりだと言いたげな久遠が、叶の背後でガラスの扉に凭れていた。

叶を認めるなり、一之瀬は佐智を解放し、大袈裟に手を開き、笑ってみせた。

「おお、これはこれは叶君。この子は君の連れかね」

わざとらしい笑顔と大声に、叶と一之瀬は、明らかにかねてからの知り合いで、そしてかなり不仲なことが世事に疎《うと》い佐智にもすぐに分かった。

確かに、この男の品のない雰囲気は叶が日常生活で垣間《かいま》見せる美意識からは許し難いものだろう。一之瀬も、偉そうな顔をした若造、と叶を嫌っているのを隠そうともしない。

「なるほど、失礼を働いてもろくに謝罪も出来ないような無礼者か。なかなか君に似合いのお嬢さんのようじゃないか」

「こんな暗がりで年端《としは》もいかない女の子を恫喝する一之瀬様もなかなか紳士でいらっしゃる」

にこやかに皮肉を返す叶に、一之瀬が言葉を詰めた。

ついさっきまで、まるで孫娘のような年齢の佐智に舌なめずりせんばかりに迫っていた様子を指摘されてうろたえている。叶はさり気なく佐智の腕を引いて自分の背中で庇うと、相変わらず貴公子然とした優雅さでさらなる追い討ちをかけた。

「紳士と言えば――――先月も偶然ご一緒したロンドン・オークションでの一之瀬様のお買い上げぶりは、相変わらずお見事でしたね」

からかうように、軽くワイングラスを掲げてみせる。

「僕も美術商としては若輩者《じゃくはいもの》ですが、あれほどの愚かな買い物《イグノーブル・バイ》はなかなか見られるものではありません。貴重な体験をさせていただきました」

「……何だと、貴様……」

そろそろやめておけよとさり気なく久遠が叶の肩を小突いたが、常識的な友人のことも叶は一切無視だ。嫌っている男を言葉で弄ぶのが楽しいのか、慇懃《いんぎん》無礼に一之瀬を煽《あお》りにかかる。

「まさか今更グリーンフィールドに三千万ポンドもお出しになる方がいらっしゃるとは思いませんでした。日本人はバブルが弾けても相変わらず日本人だと現地の友人が驚いていましたよ。僕もゴッホの『ひまわり』の件を思い出しました」

バブル時代の折も折、ゴッホの『ひまわり』に日本企業がオークションで六十億円もの高値を出して競《せ》り落としたことは、佐智でさえ知っている有名な話だ。絵画の価値が分からないからこそ大枚を叩《はた》くエコノミックアニマル、芸術への冒瀆《ぼうとく》だと世界中から非難され、馬鹿にされた。

お前はそんな愚かな時代を引き摺る無恥な愚か者だと、叶は一之瀬を嘲笑《ちょうしょう》しているのだ。

顔を歪めて何かを怒鳴りかけた一之瀬に、叶はすいと手首を翻《ひるがえ》す。腕時計を確認したのだ。

「おや、オークションが始まるようですね。晶、おいで。テーブルに着こう」

「待てっ若造！　貴様、人を馬鹿にしておいて謝罪もしないつもりかっ！」

叶の冷静な様子は、殊更一之瀬を激怒させた。わざと人を怒らせる叶の悪趣味だと久遠と佐智にはすぐに分かるが、いかにも単純そうな一之瀬は、いとも簡単に叶に弄ばれているのだ。

「馬鹿にされたという自覚をお持ちですか。多少の羞恥心をお持ちなら、僕の可愛い恋人に迫るような真似は二度とやめていただきましょう」

平然とやり過ごし、腕を伸ばして佐智を室内へリードした。今、一之瀬に恫喝され、侮辱された佐智を誰よりも高貴なお姫様のように扱っている。久遠は肩を竦め、その後に続く。

久遠によると、佐智が思った通り、叶と一之瀬は些細なトラブルがきっかけで、大変な犬猿の仲なのだそうだ。特に、ろくな知識もないくせに好事家《こうずか》を気取っている一之瀬は、若くして専門家として成功している叶を嫌って事あるごとに絡んでくるらしい。

「綺麗なものを売ったり買ったりする場所だけど、色んな人間がいるのはどこでも同じだよ」

オークションが開かれる広いパーティールームには優雅なソファセットが十セットほど運び込まれ、マントルピースの傍に黒い布をかけたテーブルが用意されていた。そこに小品が置かれ、黒いスーツを着たオークション・マスターがオークションを取り仕切るのだろう。

佐智は何度も瞬きを繰り返す。物珍しい、煌びやかな場所で、先ほど一之瀬に絡まれた恐怖も忘れ、叶と久遠の間で行儀よく座っていた。

マスターが木槌《きづち》を打ち、オークションの開始が高らかに宣言される。最初の商品は、フランスの有名な画家の小品だった。木漏れ日が美しく描かれている絵画に、ほう、と溜息が漏れる。

「それでは三百万円より。もちろんキャッシュでのご入金を願います」

まだオークションも始まったばかりなので、会場はそう熱も入らずリラックスした様子だ。ゆっくりと成り行きを見定めようとするように、客たちはひそひそと囁き合い小さく笑い声を立てている。

「六百」

佐智の隣にいた叶が挙手した。

初値からいきなり倍額のコールを掲げた叶に、会場がどよめいた。そしてそれ以上のコールはなく、叶はその商品を易々と手に入れた。ドラマや映画で観たオークションの光景から、もっと小刻みに金額を競るものかと思っていたので、佐智は叶の大胆さに驚いてしまったが、その仕組みを久遠が説明してくれる。

初コールで初値の倍額以上を告げることは、この商品を確実に競り落としたいという会場全体への強い意思表示になるのだそうだ。

従って、他の参加者がよほどその商品を欲しいと考えていない限りは、それ以上のコールをしないことが暗黙の了解であり、マナーでもある。お互いがどの程度その商品を欲しているか、まったく分からないまま無闇に競り合って商品の金額を吊り上げても、ただ商品の出品者が得をするばかりだからだ。そもそも、叶のような代々の基盤を持つ美術を専門に扱うバイヤーと競り合おうというような強者《つわもの》はそうはいないという。

佐智は何となく、意外な気持ちで隣にいる叶をそっと見上げた。叶は、普段佐智を甘やかしている時とは打って変わった真摯な面持ちで商品に見入っている。

このオークション会場に入場した時のマダムの歓待ぶりや、さっき、酔っ払いの一之瀬に絡まれている佐智を助けてくれた時の堂々とした態度を思い出す。叶はどうやら本当に、美術商としては著名であるらしい。

オークションはしばらく滞りなく進んだ。佐智も図鑑で見たことがあるような、美しい有名な商品が次々に提示される。緑のガラスで作られたアーシェリーのランプは恐ろしく高額だったが、叶は佐智がパンフレットで見て興味を持っていたからと競り落としてしまい、久遠を呆れさせていた。

高額のコールと激しい競り合いの連続で、現金でやり取りされるとは到底思えない額の金が飛び交う。場内の熱気が高まった頃、今回のオークションのメインと言われる絵画が壇上に運び込まれた。

　ガラス製品のように透明感の高い、美しい水彩画だった。

　初値は二千万円だ。叶が手を上げ、コールする。

「四千五百」

　いきなり倍額以上を提示する。先ほどと同じ、確実にこれを落としたいという意思表示だ。

　しばらく沈黙があった。一番最初の商品と同じ手法でこれも叶が競り落とすかと思われたが、今回は違った。

「四千七百！」

　怒号のような大声でコールしたのは一之瀬だった。久遠も佐智も、他の客たちもが驚いた様子で一番後ろの席にいた一之瀬を振り返る。一之瀬は相変わらず酔っ払った真っ赤な顔のまま、ソファにふんぞり返るようにして座っている。

　叶がさらに挙手する。

「五千」

「五千百」

「五千五百」

「六千‼」

　一之瀬が、叶を振り切ろうとするように一気に値段を吊り上げる。

「……正当な落札価格はせいぜい四千五百万ってとこだろうな」

佐智の隣に座っていた久遠が、肘掛《ひじか》けに頬杖をついて呟く。

「嫌がらせだ。さっき、叶に侮辱されたことに腹を立ててるんだろう。叶があの絵を欲しがってるのは最初のコールであっちも分かってる。値段を吊り上げるだけ吊り上げたところで勝負を降りて、叶に損をさせるつもりなんだ」

それは最も品のない、オークションのマナーに外れた行為だという。オークションという激しい競り合いの場であっても、美しい芸術品の売買は、上品に、スマートに行われるべきと考えられているのだ。

他の客たちも一之瀬の下品な振る舞いに眉を顰《ひそ》めているが、一之瀬はそれでもコールをやめなかった。叶も本気でこの絵を競り落とすつもりなのか、一歩も退かない。もしかしたらすでにどこかの取引先と転売の契約を結んでいるのかもしれない。叶と一之瀬の競り合いに、会場は異様な緊迫感に包まれた。

「………六千八百！」

「七千」

「な、七千百………！」

金額が初値の三倍以上にも膨れ上がり、一之瀬の声が徐々に上擦《うわず》っている。どれだけ金額を吊り上げても、叶がまったく動じた様子を見せないからだ。叶が狼狽を見せればそれで溜飲を下げてさっさと勝負を降りるつもりだったのに、思惑が外れたらしい。

それでも会場にいる全員が、当然叶が次の声を上げるものと思っただろう。

それほど必要がない商品なら、一之瀬が絡んで来た時点でさっさと勝負を降りているはずだ。第一、この商品を手に入れたいと一番に名乗りを上げたのは叶なのだから。一之瀬の嫌がらせで不当に金額を吊り上げられても、きっと叶はこの商品を落札するだろう。

しかし、叶はもう、挙手することはなかった。足を組んだまま大袈裟に肩を竦める。

「七千百ときましたか。これでは手が出ない。仕方がない、諦《あきら》めましょう」

この瞬間までその素振りさえ見せなかったのに、壇上に向かってあっさりと降参を宣言する。青くなったのは一之瀬の方だ。

「馬鹿な、貴様………！」

一之瀬は、立ち上がって口をぱくぱくさせている。

他にコールはなく、木槌が打たれて一之瀬の落札が決定された。一度落札したからにはキャンセルなど一切きかない。キャッシュでの取引なのだから当然だ。ただ叶に嫌がらせをしたくて絡んで来た一之瀬は、欲しくもない絵画に七千百万円もの大金を支払わされることになったのだ。

しかし、叶はもう事の顚末《てんまつ》には興味がなさそうだった。

「さあ、そろそろ帰ろうか、晶」

「え、ええっ？」

叶ににこやかに笑いかけられて、手を取られた佐智はすっかり混乱してしまう。友人の傍《ぼう》若無人《じゃくぶじん》ぶりに慣れている久遠はやれやれと溜息を吐《つ》いて席を立った。

会場にいる他の客たちは、今の一之瀬と叶の激烈なやりとりに、好奇心をいっぱいに浮かべた表情でざわめいている。しかし不敵な叶は一切悪びれない。

鮮やかな微笑を残したまま、颯爽と会場を立ち去った。

「見たか、あの顔」

アウディに乗り込むなり、叶はおかしそうに噴き出した。

テラスでのやりとりに腹を立てていたのは一之瀬だけではない。佐智を侮辱されて、叶も冷静を装っていた内心で相当に憤っていたらしい。だから一之瀬の嫌がらせを逆手《さかて》に取って報復をしたのだ。それは大成功で、叶は飲み会帰りの大学生みたいに大笑いしている。

ついさっき、会場にいたときは若くして成功した美術商としての煌びやかさと迫力を纏っていた。しかし、旧知の友人である久遠の傍にいると叶は少しだけ子供っぽくなるようだ。

一方、運転席でハンドルを握る久遠は憮然としている。

「知らないぞ、一之瀬社長にわざわざ恥をかかせるような真似をして。ああいうおっさんは後々がしつこいんだ。お前のこれからの取引に響いても泣き言を言うなよ」

「心配ない。あの俗物は、口ばっかりえらそうで絵画でも彫刻でも分かりやすいモノしか買わない。グラスにしたってリーデルとロブマイヤーの区別さえつかない。絵画も最近遺作が山ほど発見された画家の絵を三千万ポンドで競り落とす美術音痴だ」

「もしも先に一之瀬が降りてたらどうするつもりだったんだ」

「もちろん潔く支払うさ。七千万でも一億でも、罠《わな》を仕掛ける以上、失敗するリスクも覚悟してる。まさかこれほど上手くいくとは思わなかった」

「呆れた奴だな。お前、一番最初の絵だってそれほど欲しかったわけじゃないんだろう」

「もちろん。さっきの罠の布石だ。晶のためだ、六百くらいどうってことない」

平然と言ってのけて、叶は隣に座る佐智にキスする。

チョーカーの四千万円とか、六百万円とか、もう佐智の理解の範疇《はんちゅう》を超えた価値観だ。豪奢な場所や、美しい人たち、それにオークションでの激しい競り合い。あれが、普段叶を取り巻いている世界なのだ。何だか夢でも見ていたような気持ちでぼんやりしていると、叶はスーツの懐《ふところ》から、小さな包みを取り出した。

「晶、これはもう一つ、お前にプレゼントだ。さっき階下のプレオークションで切子《きりこ》硝子《ガラス》の小物の販売をしてたんだ。そこで見付けた」

「これ……？」

「開けてごらん。お前もきっと気に入るよ」

また何か、とんでもないものを買ったのではないだろうか。今、首から下げているチョーカーだって屋敷に帰ったらやっと外せるとほっとしていたのに。佐智は恐る恐る包みを開ける。

しかし、中から出て来たのは、赤いガラスで作られた風鈴《ふうりん》だった。膨らんだ金魚の形をしている。佐智はそれを手に取り、窓辺から差し込む高速道路の照明にかざした。

「……可愛い。金魚だ」

「不貞腐《ふてくさ》れたぷくぷく顔が似てると思ったんだ」

「似てる？」

「ほっぺの辺りがね」

この金魚と佐智の表情が似ているというのだ。それを聞いてさすがの久遠も噴き出したようだった。

佐智はまじまじと金魚と見詰め合った。大きく目を見開いた。怒っているにしてはちょっと間抜けな顔。似てるだろうか？　佐智はいつもこんな膨《ふく》れっ面《つら》をしているんだろうか。確かに、さっきのオークション会場でも女の子の格好をさせられていることが腹立たしくて叶が何か言う度にぷりぷりしていた覚えはあるけれど。

「もっと、我儘を言っていいんだよ」

当惑して風鈴を見詰めている佐智に、叶はゆったりと笑いかける。

「欲しいものはいくらだって、何だって手に入れてやる。お前のためなら何だってしてやる」

佐智がもっと我儘を言って、自己主張すればするほど、叶は『晶』の存在を強く感じるのだろう。そうすれば、『晶』がまるですぐ傍で生きているかのように感じるということなのだろうか。だけどその時、沢村佐智という存在はどこへかき消えてしまうんだろう。

そんな疑問が頭を過《よ》ぎった途端、一瞬胸が痛んだ。

その痛みの意味が分からず、ワンピースの胸の辺りをごしごし擦っていると、いきなり叶にシートに押し倒されてしまう。子供っぽい仕草に劣情を刺激されたのかもしれない。

「あ、叶さん、ま……っ」

足首をつかまれ、大きく開けられて、ヴェルベットのスカート部分を中のペチコートごとめくり上げられる。叶は悪戯っぽく、目を細めた。

「なかなか刺激的だ」

「や……」

佐智は真っ赤になった。

「黒いガーターベルトっていうのはそそるな。お前は肌が白いから、ちょっとMっぽくて痛痛しいのがいい」

佐智はドレスを着る時、ガーターベルトを着けさせられていた。しかも下着をはこうとしたら「ガーターベルトにトランクスをはく馬鹿がいるか」と叶に諌《いさ》められたので、結局佐智の裸の腰回りには頼りないビロードの黒紐《くろひも》とレースが取り巻いているだけだ。

もちろん、性器も恥ずかしげもなく露《あらわ》になってしまっている。

「も、みないで、スカート戻して下さいっ！」

大慌てでめくり上げられたスカートを両手で押さえた。こんなの裸よりもいっそう恥ずかしい。

本当に、なんて酷い、ずるい人なんだろう。優雅で都会的で、大金持ち。それなのに言うことはめちゃくちゃだし、強引だし、ものすごくエッチだ。

「あっ…イヤ……いやです……！」

叶は佐智の右足首をつかんで、捕まえた兎《うさぎ》のように佐智の下半身を吊り上げる。その足首にキスし、そして膝裏、内腿、足の付け根――唇は徐々に剝き出しの股間に向かう。

「スカート、そのましっかり自分で押さえてろよ。俺がこんな格好をした可愛い『女の子』に酷い悪戯しないかきちんと見張ってろ」

悪戯なんてどうせ、するくせに。それなのに、甘い期待に、佐智の性器は恥ずかしげもなく頭をもたげ始めているのが分かる。皮をまくり上げ、一番触って欲しい先端を自ら剝き出しにして。

先走りが溢れ出すくすぐったいような熱い感触に、佐智はかぶりを振った。

「やー…………、ああ……っ」

「腹が減ってたのか？　ここからずいぶん涎《よだれ》が溢れてる」

「やぁぁん………っ」

親指で敏感な先端を撫で上げられる。ざらついた、もどかしい感触に性器はいっそう色を募らせ、叶が「涎」とからかった雫は長い部分をとろとろと伝い落ちる。その行く末を眺めるように、叶は佐智の尻を左右に押し開く。

「こっちも、びしょびしょだ。全部見えてるよ、晶」

「やだぁ……っ、や……」

佐智のピンク色の蕾が、透明な蜜に塗れている。その甘さを味わおうというように、指先で寛げて、秘密の花びらにそっと口付けた。

「あ……んっ」

佐智はきゅっと息を詰めた。佐智に自覚はないが、それは佐智が一番気に入っている愛撫なのだ。

硬い窄まりを唾液で蕩かすように何度も何度も舐め上げられて、同時にびしょびしょの性器を扱かれて。凄まじい快感に、小鳥のように体がだんだん痙攣して、頭の中が真っ白になった。久遠がいることも忘れて、あられもない声がたくさん零れ落ちる。

「はあっ……………ん、…やっ、あぁん……………」

背中のファスナーが下ろされ、ワンピースはすっかり脱がされてしまっていた。絹のストッキングも器用に抜かれた。いつの間にか、佐智は桃色に紅潮した素肌に、チョーカーと黒いガーターベルトを着けただけの世にも卑猥な格好でいたのだ。

しかも、片足を高く掲げられ、上向いた尻に叶はずっと悪戯している。

「やっ……、やっ……、あ……っ、あっ……」

叶の指はぐちゅぐちゅと音を立てて、佐智の中をかき回している。佐智が一番弱いポイントをわざと爪先でかすめて、もどかしさにガーターを着けた腰を振るのを楽しんでいるのだ。

「あ………っん、や、そこ………！」

はあ、はあ、と子犬のように喘いでいる佐智の舌を、叶はぺろりと舐める。

「今日は屋敷に帰ったら、もう一着用意させた白いドレスを着せてやろう。その格好のまま可愛がってやる」

「いやっ、そんな、の、きないもん………！」

「朝までずっとだ。その前に、ここで一度いかせておいてやろう」

「そんなの……イヤだ………っ」

今更かもしれないけれど……いく時、佐智はいつだってものすごく恥ずかしい、大きな声を上げてしまう。

運転席には久遠がいるのに。きっと声は聞こえるし、バックミラーを見れば佐智の射精の瞬間を見られてしまうかもしれない。それなのに、体はもう限界ぎりぎりだ。むずかる赤ん坊のように体を震わせている佐智に、叶は友人に釘を刺してくれる。

「久遠、後方確認はしばらくサイドミラーでやってくれ」

「さっきからそうしてるよ。ほどほどにしないと急ブレーキをかけるからな」

久遠の苦言は完全に無視して、叶は再び佐智を貪り始めた。

叶は何度も可愛い、愛してると佐智に囁いた。流れていくオレンジ色の照明がだんだんぼやけていく。口淫と、指での刺激に佐智はあっという間に絶頂へ追い上げられる。

「……………あっあ――――」

「お前が傍にいるだけでいい。不思議だな、お前が傍にいるそれだけで、気持ちが楽になる」

黒い瞳は、慈愛に満ち溢れていた。

深く、口付けられる。

叶のキスに、どうしてか佐智は切ない気持ちになった。

抱き締められると、キスを受け、彼の愛を受けると、心臓がどきどきする。まるで叶に恋をしている、そんな気持ちに囚《とら》われる。「愛してる」と囁かれると、本当に愛し愛されている、そんな幸福な気持ちに溺れそうになる。

「どんな魔法を知ってる？　どんな呪文で、俺をこんなに幸せにするんだ」

恍惚《こうこつ》としたように、叶はそう言った。

「愛してる……晶」

佐智は魔法なんか知らない。

佐智には何も出来ない。ただここにいるだけ。叶は――愛しい人の名前を口にすれば、それだけで幸福になる。それほどにも叶に愛された人が確かにいたのだと、佐智は改めて思い知らされていた。


銀細工というものは、紙のように薄く、繊細であればあるほど価値があるらしい。

書庫には銀細工が山のようにあったが、それは美術商として無能だった叶《かのう》の父親が集めたものらしい。確かに分厚いばかりで野暮ったく、あんまり美しいとは言えないものばかりだ。

だけど今、佐智《さち》はその銀食器の一枚を手に、一人でにこにこと笑っている。今朝、たまたま鈍色《にびいろ》に錆《さ》びたカップを見つけたのをきっかけに、すっかり銀磨きに夢中になってしまった。

「……おもしろーい」

分厚い銀食器に磨き粉をつけて磨くと、まるで鏡のようにぴかぴかになるのだ。古いものが本来の美しさを取り戻していくことに心が清々《すがすが》しくなった。もともと掃除は嫌いじゃない。サンルームを抜け出して、佐智は今日一日この書庫で過ごしている。銀細工を弄《いじ》って遊んでいると分かって、執事たちも佐智を放っておいてくれているようだ。

叶に貰《もら》った風鈴《ふうりん》は、作業をする書庫の窓辺に吊るしておいた。

いくら待っても風が吹かないので、指先でつついてちりんちりんと音を鳴らしてみた。冬場にはあまり似合わないけど、その可愛らしい音に、佐智は自然と口元が綻《ほころ》ぶのを感じる。

「……えへへ」

益体《やくたい》もないおもちゃ。叶が気まぐれで買い与えてくれた、小さな風鈴。丸いガラスの中には鉛《なまり》の玉がいくつか入っている。

お前のためだと何かを買ってもらったのは、いったいいつ以来だろう。

施設では子供が多すぎて、月ごとに一斉《いっせい》に誕生パーティーをするのが精一杯だったし、クリスマスには教会の本部から綺麗《きれい》なカードが配られたけど、それには毎年、同じ文句が印刷されているだけだった。

だけどこの金魚は佐智だけのものだ。不貞腐《ふてくさ》れ顔の金魚と似ているなんてちょっと心外だが、佐智は本当は少し嬉《うれ》しかった。

「よし、これも完了」

手元の銀細工はすっかり綺麗になった。もっといっぱいやりたいなあ。

それで、どれだけ綺麗になったか、叶に見せて驚かせてやるのだ。

ふと見上げて、傍《そば》の書架《しょか》の一番上の段に蠟燭《ろうそく》の燭台《しょくだい》が並べられているのが見えた。あれも銀細工だろう。皿より複雑な形だけど、その分やりがいがありそうだ。

書架によじ登り、そこで佐智は目の前の一段に旅行鞄《かばん》くらいの大きさの革製のボックスが置かれているのを見つけた。ここにも銀細工が入っているのかもしれないとそのボックスを引っ張り出し、蓋《ふた》を開けた。

しかし中に入っていたのは銀細工ではない。油絵だった。あてが外れてがっかりしながらも、佐智はその一枚を取り出して思わず感嘆の溜息《ためいき》をついた。それは花盛りの薔薇園《ばらえん》を描いた一枚だ。恐らくこの屋敷の庭だろう。

佐智に絵画のことはまるで分からないが、とても魅力的な絵であることは分かった。花びらの描写が巧みだ。幅の広い筆を好んで使い、輪郭《りんかく》を巧みにぼかして遠近感と鮮やかさを演出してる。作者がいかに広い視点で、この美しい風景を眺めていたかよく分かる。綺麗な絵。いったい、誰が描いたんだろう。こんなに綺麗なのに、どうしてきちんと額縁に入れられることもなく、こんな書庫の片隅に放り出されているんだろう。

そして、キャンバスの片隅の署名を見て、佐智は息を飲む。筆記体でA. Hatoriとサインされていたからだ。

「……あきら」

羽鳥晶《はとりあきら》。これが『晶』の絵。

どうしてか、佐智は酷《ひど》く衝撃を受けた。まるで、目の前に、死んだはずの羽鳥晶が現れたかのような衝撃だ。震える手で絵を床に置いて、ふらふらと立ち上がったその途端、書架に強く肩をぶつけた。

横着をしてさっき佐智が乗り上げたせいか、書架の留め金が緩んでしまっていたらしい。しまったと思った時には、重い書架はゆっくりと傾き、やがて轟音《ごうおん》を立てて床に倒れた。間一髪で佐智は下敷きになるのを免れたが、一番上の段に載せられていた燭台がどすっ、と音を立てて佐智の足元に突き刺さった。

「ひっ‼」

舞い上がる埃《ほこり》の中、佐智は腰を抜かしてその場に座り込んでしまった。

「晶‼」

物音を聞き付けた叶がいつもの冷静さを欠いた様子で書庫に飛び込んで来た。その後ろから、ばたばたと執事やメイドたちが続く。

倒れた書架の傍で真っ青になって床に座り込んでいる佐智を見付けると、叶は慌ただしく床に片膝をついた。乱暴に佐智の肩をつかみ、尋ねる。

「怪我《けが》はなかったか⁉」

「ご、ごめ、ごめんなさ」

「怪我はなかったかと聞いてるんだ‼」

大声で怒鳴られ、びっくりしてぽろりと涙が零《こぼ》れる。もともと叶には威圧感があるが、怒るといつもよりずっともっと怖かった。肩ががくがく震えて、どうしてこんなことになったのかちゃんと説明しようと思うのに言葉が出ない。

執事が一歩進み出て、激する叶をやんわりとたしなめる。

「唯臣《ただおみ》様、そのような大声を出されては晶様も怖がられてしまいますよ。どうぞ落ち着かれて、晶様のお話を聞いて差し上げて下さい」

叶ははっとしたように顔を上げる。そしてようやく怒鳴られて怯《おび》え切っている佐智に気付いたらしい。

「……悪かった」

派手に取り乱したことでバツが悪そうに、大きな手のひらで佐智の両頬《りょうほお》を包み込む。どこにも怪我がないか、真剣に検分している。

佐智は震えながら、倒れた書架を指差した。

「あ、あの燭台を取ろうとして……上手《うま》く取れなくて、そしたら書架が倒れて来て」

本当は『晶』の絵を見つけて動揺して、ふらついた際に肩を書架にぶつけて倒してしまったのだが、自分がどうしてそこまで驚いたのか、それが上手く言葉にならない気がして言えなかった。

「くそ……何事かと思ったじゃないか。あまり驚かせるな。怪我でもしたらどうするつもりだったんだ」

叶は苦々しく吐き捨てると、その口調の乱暴さとは裏腹にほっとしたように優しく佐智を抱き締める。そして床に転がっていた何枚かのキャンバスに気付いた。それが『晶』の絵だと、当然叶にはすぐに分かったはずだ。一瞬、肩を強張《こわば》らせたのが、そこに額《ひたい》を押し付けていた佐智にも伝わる。

書庫の奥深くに亡くなった恋人の絵を置いていたのは、見ることさえ辛《つら》いからなのだろうと、佐智は思った。

「それ……ごめんなさい、俺、勝手に見ちゃって……」

しかも、書庫が倒れて佐智が転んだ際にどこかにぶつけてしまったらしい。キャンバスの片隅が、傷付いて派手に破れてしまっている。

晶が亡くなった今ではもう二度と、手に入らないはずのものなのに。

「破れちゃってる、どうしよう」

「気にしなくていい。これくらいなら専門家がいくらでも直せる」

佐智は無意識のうちに、叶にぎゅうっとしがみついた。

ごめんなさい。大事な絵に、傷を付けてごめんなさい。

叶は何も言わない。ただ黙って、無表情に床に落ちた絵を見ている。その視線に、胸を抉《えぐ》るほど強い感情を見た気がした。それはかつての恋人への愛情なのだと佐智は思った。『晶』の名前を口にするだけで、幸福になると叶は言っていた。そんな魔法にかかるほど、叶はかつての恋人をまだ愛しているのだ。

ちりんちりん、と窓辺に下げた金魚の風鈴の音が聞こえた気がした。日暮れが近付いて、風が出て来たのだ。

肌触りのよい叶のスーツに額を押し付けて、佐智は自分の愚かさを思った。

あの風鈴が自分のものだなんて、いったいどうしてそんな幻想に囚《とら》われたのだろう？

何度も何度も「愛してる」と叶に囁《ささや》かれて、自分が恋してるみたいだなんてどうしてそんな馬鹿なことを思ったのだろう。

ここにあるすべては佐智のものじゃない。叶が佐智を抱き締める、その強さも、熱も何もかも佐智のものじゃない。

死んだ叶の恋人のものだ。

佐智はただの代わり。未《いま》だに溢《あふ》れてやまない、亡くなった恋人への思慕を受け止める、ただの人形に過ぎない。そんなことは最初から分かっていたのに。

今はそれがとても悲しかった。

最終日の夕暮れ、佐智は身支度を済ませて叶のベッドの上に座っていた。アイボリーのボトムと、浅いVネックの紺色のセーター。どちらも、佐智に似合うと叶が殊《こと》の外《ほか》気に入っていたものだ。連れ去られた時に身に着けていた制服や靴は、多分屋敷を出る時に返してもらえるはずだ。

これでいつでも、教会に帰ることが出来る。

叶はまだ仕事の最中だ。もしも仕事が長引いて、佐智が帰る時間が来ても戻らなかったら、このまま二度と叶に会うこともない。

不意に、胸がずきんと痛んだ。重苦しい気持ちに喉《のど》が塞《ふさ》がる。

何でこんな気持ちになるんだろうと、肌に慣れたベッドのシーツを撫《な》でた。昨日、書庫であった一件が胸に引っかかっているんだろうか。叶が『晶』の絵を見詰めていた、あの視線は思い出すだけで佐智の胸をひりひりと痛ませる。

それとも、昨日の夜、仕事で忙しかった叶が佐智に、何もしなかったから…寂しいんだろうか。

佐智は真っ赤になった。何を考えてるんだろう。寂しいなんて思うはずがない。佐智は、無理矢理ここに連れて来られた。この屋敷で送る生活の何もかもが嫌だったのに。

不意に扉が開き、佐智ははっと顔を上げる。執事が迎えに来たのかと思ったら、そこから顔を覗《のぞ》かせたのは叶本人だった。

「――晶」

「………」

叶の顔を見られたことにどうしてか胸が高鳴るのを感じながら、まだその名前で呼ばれるのかと、ベッドの上の佐智は少し驚いた。

けれど、「一週間」というなら今日の夜十二時までは佐智は『晶』だ。それに、佐智は少し無神経だった。最終日ということは、今日が海で亡くなったという『晶』の命日だ。十二月十九日。叶がぎりぎりまで佐智を放したがらないのは寧《むし》ろ当然だった。

叶は佐智に微笑《ほほえ》みかけると、階下のダイニングルームへおいで、と言う。

「夕食にしよう。今日は特別なメニューにしてある」

最後の晩餐《ばんさん》、ということらしい。それが終わったら、本当に佐智の仕事はおしまいだ。今度こそ、この屋敷とお別れだ。

「わあ……」

叶に手を引かれてダイニングルームに向かうと、室内にはたくさんの蠟燭が灯《とも》されていた。暖炉《だんろ》では炎が火の粉を上げて燃え盛っている。

中央のテーブルには、真っ白い皿と銀食器が整然と並べられている。この屋敷で用意された夕食はいつも豪勢なものだったけれど、今日は完璧《かんぺき》なフルコースメニューだと分かる。

席に着くと、一品目のスープが恭《うやうや》しく運び込まれた。

ほうれん草に舌触りのいいクレソンを混ぜ込んだ濃厚なクリームスープだ。見ただけで食欲が湧く、綺麗なグリーンに菜の花が散らされている。

叶が佐智のグラスにワインを注いでくれる。未成年なのにいいのかな、と思ったけれど、躊躇《ため》いがちに一口口に含んだ。たったそれだけでもう蠟燭の金色の輪が二重にも三重にも見えて、酔っ払ってしまったのかふわふわな気持ちになった。

アルコールの酩酊《めいてい》は、偽物の幸福を作り出す。だから大人はお酒を飲むんだ。

ぽうっと目元を染めている佐智に、叶が昨日の仕事で起こった面白い出来事を話してくれた。

佐智が小さく笑うと、やがてメイドがメインディッシュを運んで来る。

素晴らしいタイミングでドーム型の金属の保温蓋が除《の》けられると、皿からぱっと湯気が上がる。

メインディッシュは厚みのある紅鮭《べにざけ》のムニエルだ。それにキャビアを添えてある。佐智はあまり肉が好きじゃないし、舌を嚙《か》みそうなややこしい料理も、おいしいと思うけど何だかよく分からない。だがこのムニエルは、隠し味に醬油《しょうゆ》が使われているらしく馴染《なじ》みがあってとても食べやすい。

薄い衣《ころも》に歯を立てると、かりりと香ばしい風味が広がって、佐智はうっとりと目を閉じた。

「美味《うま》いか？」

「はい」

思わず張り切って答えると、叶はワイングラスを掲げて微笑した。

叶は水を切るように美しくカトラリーを扱う。適度な時間をかけ、ゆったりと食欲を満たしている。飢えたことなどないに違いないこの男は、食べている姿にも気品がある。

叶はいつもそうだ。セックスの時も、最後の最後まで、乱れて泣く佐智が溺《おぼ》れきるのを冷静に見守っている。欲望を満たす時でさえ優雅で端麗であるのは、その人間が本当に上等だということを意味する。魅力に溢れる、完璧な大人の男。朝な夕な、佐智を甘やかし、抱き締めていた男。

――これで最後なんだ。

そう思った。約束の一週間が終わる。この男の傍にいるのは、これが最後なんだ。

目が合うと、叶は不思議そうに首を傾けた。

「晶？」

おかしいのは自分でも分かってる。

大嫌い。叶のことを、本当にそう思っていたのだ。自分勝手で、いやらしくて、人を人とも思わない男。大嫌いで、そして恐ろしくて、ここから出たくて出たくて書庫で膝を抱えて泣いたことをまだちゃんと覚えてる。あれからまだ一週間しか経《た》ってない。

それなのに、どうしても、後から後から、涙が滴《したた》り落ちて来るのだ。

「――――どうして泣いてる？」

「分かりません……」

泣き顔のままかぶりを振った。もう一度、分かりません、と繰り返しながら、だけど佐智には、本当はちゃんと分かっている。

分かってる。自分はやっぱり錯覚しているのだ。

たとえそれが自分のものでないと分かっていても、佐智は叶の傍にいて愛される喜びを知ってしまった。同性間のセックスも、汚い、厭《いと》わしい行為だと思っていたのに、快感に翻弄《ほんろう》される様を可愛いと賞賛され、キスされて、慈《いつく》しまれる安堵《あんど》を知ってしまった。

「料理だってすっごくおいしいです。あの、俺、キャビアの味、塩辛くて最初変なのって思ったけどだんだんおいしいって思うようになって」

手の甲でぐいと涙を拭《ぬぐ》った。自分の気持ちを押し隠すために、奇妙なことばかり口走ってしまう。

「こ、このお屋敷で、ぜ、贅沢《ぜいたく》したいとかそんなじゃないんです。俺、教会で生活するのもすごく好きだし全然違うんだけど……だけど、なんかここから離れるって思ったら、心臓がすごく、すごく痛くて……っ」

だから彼と離れることが切ない。悲しい。佐智は、この屋敷を出たら、もう二度と叶には会えなくなる。言葉を交わすことさえ、もう、なくなる。こんなちっぽけな佐智のことを、多忙な叶はすぐに忘れてしまうだろう。

その時、佐智は心底『晶』が羨《うらや》ましいと思った。妬《ねた》ましいとさえ思った。死んでもなお、こんなにも誰かに強く愛される『晶』が羨ましい。自分とそっくりのはずなのに。このまま叶の記憶から消え失《う》せる佐智と違って、『晶』はずっと、ずっと叶の心の中で大切に慈しまれていくのだ。

「晶。顔を上げてごらん」

嗚咽《おえつ》を上げて泣いている佐智を慰めようとするように、叶が声をかける。

もう一度、顔を上げるように穏やかに言われて、佐智はごしごし目を擦《こす》りながら、おずおずと目線を上向ける。そして甘い香りに気付いて、びっくりして瞬《まばた》きを繰り返した。

佐智が子供みたいに泣いている間に、いつの間にかテーブルに大きなケーキが用意されていたのだ。ドールハウスのような大きさで、真っ白な生クリームがレースのように周りを縁取り、色とりどりのフルーツがたっぷりと飾られている。

そうだ。初めて叶に出会った時に、宝飾店のショーウィンドウで見たような豪華なケーキだった。

「これは？」

佐智の反応は、叶の狙《ねら》い通りだったらしい。満足そうに笑っている。

「晩餐に合わせて準備させた。綺麗だろう？」

大きな丸いケーキは、ただそれだけで子供をわくわくさせる。それは独りきりで食べる食べ物じゃないからだ。記念日やお祝いの時に特別に蠟燭を立てて、皆で切り分けて食べる。幸福なお菓子だ。

「お、女の子じゃないし…俺はケーキなんて、別に」

泣いた照れ隠しに素直になれないでいる佐智に、叶は少し行儀悪く、テーブルに片肘《かたひじ》をついて笑う。

「また、ドレスで盛装させたらよかったな。あのチョーカーを着けてるところをもう一度見てみたかった」

「それはイヤです。俺、チョーカーはもう、お、女の子の格好するのは」

「残念だ。似合ってたのに」

叶は、意図的にすべてを過去形で話している気がする。当たり前だけど、寂しければまたここにおいで、とは言ってくれなかった。佐智がこの屋敷に滞在するのは一週間の約束だった。

もう、恋人ごっこはおしまいだ。

この男は、佐智ではない、他の誰かを愛しているのだから。

マナーに反することだと分かっていたけれど、佐智は食事の最中で席を立った。ケーキを食べるつもりはなかった。

「……俺、もうお腹《なか》いっぱいです」

ケーキは、お祝いの時に食べる甘いお菓子だ。だから、今の佐智には食べることが出来ない。

叶は佐智を呼び止めなかった。無言でワイングラスに口付ける。もたもたしているとまるで引き止められたがっているかのようだ。追い出されるかのような理不尽な気持ちのまま、佐智は目を逸《そ》らし、早口に呟《つぶや》いた。

「俺……もう、帰ります」

そう言ってから、ふと思い出した。あの風鈴。金魚の形をした、赤い風鈴。

書庫の窓際にぶら下げたままにしておいたけど、あれは教会に持って帰ってはいけないだろうか。いじましいと思いながら、最後に一言、佐智は叶に声をかけた。

「……あの、あの金魚の風鈴、持って帰っちゃいけませんか？」

「持って帰る？　どこに」

「どこって、教会に――」

その途端、真正面から風に煽《あお》られるような眩暈《めまい》を感じた。がくんと膝が折れる。

「きょうかいに、かえらなきゃ……」

舌がもつれて、上手く話すことが出来ない。

立ち上がろうとしたが、どうしても足に力が入らず、体がカーペットに沈み込んでいく感覚ばかりが明瞭《めいりょう》だ。痺《しび》れる左手でテーブルから垂れた白いクロスにしがみつき、起き上がろうとしたが、皿が滑り落ちて佐智の足の間際で砕けた。その音は、何重にも響いて佐智は酷い頭痛を感じる。

「……どうして……?」

これはアルコールのせいじゃない。人が普通に口にするもので、こんな不自然なほどの脱力感に囚われるなど有り得ない。突然佐智が病気にかかってしまったとも、考えにくい。

ワインか料理に、何か——薬が入っていたに違いない。

動揺する佐智は、こちらへ歩いて来た叶の靴先を見ていた。顔を上げることさえ、億劫《おっくう》だった。

「教会になんか帰さない。どこにも行かせない。お前はずっと俺のものだ」

「な、に……」

もう目も開けていられない。薄暗くなる視界の中、その一角だけ暖かく、明るい暖炉に向かって手を差し伸べたが、無駄な抵抗だった。佐智は易々と捕らえられ、叶に抱き上げられる。もう意志のない、人形そのものだった。

「本当は、足に楔《くさび》を打ち込んで永遠に歩けなくしてやりたい」

叶はそう呟くと、佐智の足首をつかみ、熱っぽく口付ける。歩く度に、足を与えられたばかりの人魚姫が苦しんだような激痛を与えて自由を奪いたいと言うのだ。

やっと気付いた。

佐智は、再び捕らえられようとしているのだ。ここへ連れられて来た当初と同じ、薬を盛られて、体の自由を奪われて。叶はこの屋敷から、佐智を出さないつもりでいるのだ。

豪華な食事も、大人の味のワインも、佐智のためだと用意してくれた大きなケーキも、すべて佐智を油断させるための罠《わな》に過ぎなかった。

どうして？　佐智の役目はもう終わったはずだ。もう、佐智はいらないはずなのに。

「もしも俺から逃げたら、次はそうする。どんなに残酷でも仕方がない。俺は、お前を愛してるから」

そして叶は傲然《ごうぜん》と言い放った。

「お前をどこにも逃がさない」

ゲームはリセットされただけだ。終わったのではない。

このゲームにエンディングはない。ルールも敵を倒す魔法《スペル》も、すべては叶だけが決めることが出来る。

佐智はベッドの天蓋《てんがい》をぼんやりと眺めていた。

叶はとうに起きて、階下のテラスで朝食を摂《と》っているはずだ。いつも――この一週間、いつも佐智は少しだけ遅れて、用意してある服に着替えて、慌ててそのテーブルに着く。叶はまだ寝ていていいのに、と笑う。

初めは佐智は、その笑顔をぷいと無視した。三日目は、声をかけられて、ちらりと上目遣いで見た。一週間の、一番最後の日には、何だか叶を見るとどきどきして、笑いかけられると何故《なぜ》か嬉しかった。

一週間。それなのに、どうして佐智はまだ、この天井を見上げているのだろう。

佐智はふらふらとベッドを出る。頭が重い。ちゃんとパジャマを着せられているが、不自然な感覚のある下半身を確かめる気持ちにはなれない。昨日、意識を失ってから、恐らく叶に散々弄《もてあそ》ばれているはずだ。のろのろと用意されていた服に着替え、部屋を出ようと扉に手をかける。

だが、開かない。外から鍵がかかっているのだ。佐智は分厚い扉に縋《すが》るように、ずるずるとその場に座り込んでしまう。

「……助けて」

力なく握った拳《こぶし》で、佐智は何度も何度も扉を叩いた。ここから出して。誰か助けて。

絶望と恐怖に、泣いている自覚もないまま涙が幾筋も頬を濡《ぬ》らす。

「たすけて……っ」

外から鍵が解かれる気配があった。佐智はぼんやりと、ワゴンを押したメイドと執事が入って来るのを見上げていた。床にへたり込んでいる佐智に、執事は驚いた様子もなく慇懃《いんぎん》に頭を下げる。

「今日から、晶様のお食事はこちらに用意せよとのご指示をいただきました。三食とも私どもがお運びいたしますので、晶様はこの部屋でお待ち下さい。午後のお茶やお菓子もすべてこちらでお召し上がり下さい」

「俺、どうしてまだここにいるんですか…」

乾いた声で尋ねたが、しかし、執事はそれには応えなかった。

「晶様、来週からの荷造りですが、いかがしましょうか」

「………来週？」

「ヨーロッパはこちらよりずっと寒うございます。お召し物も日用品も、あちらでいくらでもお誂《あつら》えになることが出来るでしょうが、やはり着慣れたものの方がよろしゅうございますね」

頭が痛い。もう何も考えたくない。佐智は絨毯《じゅうたん》の上に座り込んだまま、かぶりを振った。

「そんな話、聞いてません。何かの間違いだと思います。だって、俺、このお屋敷を」

出て行くんだから。

「ご予定では、三ヶ月ほどイギリスにご滞在になると伺っております」

「……そんなはず、ありません」

「オークションの時期ですから、唯臣様は長期滞在でお仕事をされるおつもりでいらっしゃるんでしょう。去年から晶様と約束されていたと、我々は伺っておりますが」

「やめて下さい！　執事さんだって知ってるはずです！　俺、一週間の期限付きでここにいるんです。ヨーロッパに行く約束をしたのは、俺じゃない！」

「晶」

スーツ姿の叶が寝室に入って来た。仕事の前だからか、いつにも増して厳しい顔をしている。

「朝から何を騒いでいる。食事は静かに摂りなさい」

「叶さん……どうしてなんですか」

「唯臣、だ。いい加減に覚えなさい」

「どうして、俺はまだここにいるんですか。教会に帰してくれるって、晶さんの代わりをするのは一週間だけだって、それが約束だったじゃないですか」

佐智は無力感を押し殺しそれでも立ち上がった。手触りのいい叶のスーツを縋るようにつかんだが、叶は平然としている。

「お前が何を言ってるのかさっぱり分からないな」

叶は蒼白《そうはく》になっている佐智を真正面から見詰め、そう言った。

佐智は『晶』ではない。そんな主張を黙殺した。約束を破ったことに、何の罪悪感も覚えていない。そして執事に向かって命令を下す。

「頭が冷えるまで、しばらく閉じ込めておけ。騒いでも部屋から出すな」

「どうして……！」

寝室から叶が出て行く。その背中に追い縋って、だが、背後からメイドや執事に引き止められた。

「どうしてなんですか！　俺、ちゃんと約束守ったのに。晶さんの代わりに、叶さんの傍に、ちゃんといたのに！」

もう間違いがない。佐智は、叶に裏切られたのだ。

嬉しかったのに。赤い風鈴も、優しい抱擁も、愛しているという言葉も。

何一つ佐智のものではないけれど、それでもいつの間にか、すべてが心地よくて、嬉しかった。

愛されるってこんなに幸福な気持ちになるんだと教えられた。優しい愛情を知っている叶は、もしかしたら本当は優しい人なんじゃないだろうか。

そんな風に思って、少しだけ――――叶のことを好きだって思えたのに。

呼吸を荒らげ、裏切られた悔しさと悲しみに涙を零す佐智に、執事が静かに踵《きびす》を返した。

「久遠《くどう》様をお呼びしましょう。何かお気持ちが落ち着くお薬を処方していただけますよ」

「……はなして……！」

このまま自分のものではない場所に閉じ込められて。

永久に、自分のものではない愛情を与えられて。

そうしたら、確実に佐智は消えてしまう。佐智はいつか壊れてしまう。

「俺は、『晶』じゃない！」

そう叫んで、佐智はメイドの手を振り払う。無我夢中で、駆け出していた。


佐智は息を切らせ、冬の歩道を走っていた。

追っ手が迫っているのではないかと、ぞっとしながら何度も何度も背後を振り返った。叶の屋敷からは意外なほど簡単に逃げ出すことが出来たが、上着を着る暇はなかった。

よろめきながら、今は懐かしくも思える坂道を必死になって駆け上がって。

やがて見慣れた教会の十字架が見える。

壁が剝《は》がれ落ち、蔦《つた》が絡《から》んで見るからに古く貧しい教会だが、信仰に満ち満ちた佐智の住まいだった。隣接する施設に暮らす子供たちは、教会の敷地で隠れんぼうをして遊んでいた。テレビゲームなど持っていない子供たちだ。

「みんな！」

ほっとして、佐智は子供たちに駆け寄る。しかし佐智に気付いたはずの子供たちは立ち竦《すく》んだままこちらには近付いて来ない。

皆、佐智に懐いていた子供たちだ。一番手がかかる、泣き虫の幼児もいる。しかし一週間ぶりに会うというのに、佐智の姿を見た全員が異様なほど怯えた様子でいるのだ。

「ただいま……どうしたの、皆」

悪い予感を押し殺しながら、佐智は尋ねる。閉ざされた門扉を開け、敷地内に一歩、入った。

「どうしたの？」

「さちおにいちゃんと、口をきいちゃダメだって」

子供たちは、顔を見合わせてじりじりと後退している。

「さちおにいちゃんが来ても、……教会に入れちゃダメだって」

「誰が、そんなことを」

戸惑いに、佐智は声が上擦《うわず》るのを感じる。その時、教会の扉が開いた。

現れたのは、黒い修道衣を着た老齢の神父だ。とても厳格で信心深い、この教会と、施設の最終的な責任者だった。きっと、佐智を助けてくれるはずの人だ。

「……神父様」

「みんな、中に入りなさい。しばらく出て来ちゃ駄目だ。いいね」

子供たちは肩を寄せ合い一塊になって教会の中に飛び込んでいく。佐智は一縷《いちる》の望みをかけ、神父に頭を下げた。

「神父様、一週間も突然教会を空けてすいませんでした。今、帰って来ました。今日からちゃんと、教会や施設にご奉仕をしますから」

「……失礼ですが」

神父は、決して佐智の顔を見ることなく、硬い声音でそう言った。

「どちら様ですか。私は、あなたには見覚えはありませんが」

「………え？」

「申し訳ありませんがお帰り下さい。ここは関係者以外の立ち入りを禁じております。礼拝は毎週木曜日に…どうぞまた、その時にいらして下さい」

佐智は呆然《ぼうぜん》と神父の顔を見上げた。両親を亡くして、この施設に引き取られて以来、もう六年以上世話になっている神父だ。一週間離れていても、佐智の顔を見忘れるはずがない。

だが、佐智は心のどこかで――――もしかしたらと思っていた。あまりにも簡単に、叶の屋敷を逃げ出すことが出来たから。

「叶さんに、何か言われたんですか」

咄嗟《とっさ》に、そんな言葉が口を突いた。叶に、もしも佐智が助けを求めて来ても、決して手を貸してはいけないと言われているのではないか。佐智はそう思った。

「だから俺は、ここに戻って来ちゃいけないんですか。俺、教会のためだって思ったんです。叶さんに、言うこと聞かなきゃ教会を取り壊すって言われて、他に方法がなかったんです。だから、叶さんのところにいたのに、それなのにここに戻って来ちゃダメなんですか」

神父は苦渋の表情を浮かべて押し黙っている。叶がどこまで事情を話しているか、どんな卑劣な条件を示しているのか、佐智には知る由《よし》もない。しかし佐智の推測通り、もしも佐智がこの教会に助けを求めに来たら無視するよう叶に命令されていることは明らかだった。

足から力が抜けて、地面に座り込んでしまう。叶はどこまで悪辣《あくらつ》で周到なのだろう。

「あそこにいたら俺が消えちゃう。俺はいらないって、別の誰かになれって言われるんです。お願いです、俺をここに戻して下さい。帰って来ていいよって言って下さい」

しかし、神父は踵を返した。

「神父様‼」

門扉を閉ざし、決して佐智を見ようとしない。

「お願いです！　待って下さい！　もっと役に立てるように…頑張るから………っ」

「……もう、お帰り下さい」

教会の扉は冷たく閉められた。そのまま二度と開くことはなかった。佐智はへなへなと座り込んで、地面に手をついた。

見開いた目から零れ落ちた涙が、アスファルトにぱらぱらと黒い点を描く。

佐智は見放されたのだ。叶の手が回っているのは間違いがない。だけど、これまで一生懸命ご奉仕して来た神様さえ、佐智を救ってはくれない。叶と同じだ。佐智など、いらないという。

どうしよう。どうしたらいいんだろう。他に行くところなんてない。

学校に行けば、誰か助けてくれるだろうか。いや、教会に手を回しているなら、学校にも当然何某《なにがし》かの工作がなされているはずだ。教会では、無視されて追い出されただけだが、それでは済まないかもしれない。捕まえられて、またあの屋敷に連れ戻されたら。今度こそ、佐智自身の存在を奪われて――羽鳥晶として生きることを強制される。

「おい君、何をしてるんだ」

佐智は涙でびしょ濡れになった顔を上げた。佐智を見下ろしているのは二人の警官だった。

「家出でもしたのか？　ここはキリスト教の教会だけど、家出した不良少年を保護する場所じゃないんだ」

「違います、家出じゃありません。俺ここに住んでるんです。ずっと、ここに住んでたんです」

「それじゃあどうして神父様はうちの派出所に、教会の前で騒いでる子供がいるから連れて行ってくれなんて連絡して来るのかねえ」

その警官の言葉に、佐智はやっと状況を察した。恐らく、神父が近所の交番に通報したのだ。

あっという間に交番まで連行されてしまう。名前を問われても答えない佐智に、警官は佐智が着ていたシャツの袖口に目をつけた。カフスボタンには、小さく名前が刻印されていたのだ。
A. Hatori。絵画に記された晶のサインと同じだ。
「ハトリ、ね。ちょっと待ちなさいよ」

警官は本部から送られてくるらしいＦＡＸを何枚かめくる。

「ああ、捜索願が出てるじゃないか。保護者の方が君を捜してるよ。保護者の名前は、

――叶唯臣となってるな」

その名前を聞いて蒼白になる佐智をよそに、警官は部下に指示を出す。

「捜してくれる人がいるのに、家出なんかするもんじゃないぞ、坊主。おい、本部に電話をかけてくれ。保護者に身柄を引き渡さなきゃいかん」

「やめて下さい！」

電話に手を伸ばした警官に、佐智は飛びかかった。背後から別の警官に羽交い締めにされ、汚れた床に押し伏せられても、それでもやめて下さい、と叫び続けた。

皆、佐智を『晶』と呼ぶ。佐智なんて知らないという。

――いや、間違っているのは、おかしいのは自分なのだろうか。沢村《さわむら》佐智という人間は、本当はこの世に存在しないんだろうか。

佐智なんて、誰も必要としていない。誰一人、佐智がいるべき場所はここだとは、言ってくれない。

「お願いです！　連絡しないで……！　お願いです、あそこには、戻りたくない…！」

「こら、大人《おとな》しくしないか！」

肩をつかまれ、椅子《いす》に座るよう厳しく命じられた。

逃げられない。絶望に、気が遠くなる。佐智はそのまま失神してしまった。

「他に何かご質問は？」

応接室で商談の最中の叶は、いつもより威圧的に見える。立ち上がると、マントルピースの上に置いていた銀のシガレットケースを開け、一本に火を点《つ》けた。

「……………う……っふ………………」

商談の相手である西園寺《さいおんじ》、という壮年の紳士は、さっきから落ち着かなげにちらちらと佐智の方を見ている。無理な姿勢を取らされている佐智の全身は官能的なピンクに染まり、薄《う》っすらと汗をかいていた。

猿轡《さるぐつわ》を噛まされていて、助けを求めることも出来ない。

両手首を一緒に縛り上げられ、天井を横に走る梁《はり》から伸びたロープに、足先がつくぎりぎりになるまで引っ張り上げられている。そして身に着けているのは、衣服とも呼べない黒いレースのビスチェだけだ。右の肩紐《かたひも》はすっかり緩んで、片胸や腹は完全に露《あらわ》だ。

オークションでの姿がよほど気に入ったのか、叶は屋敷を逃げ出した佐智へのお仕置きの衣装に、女の子の下着を選んだ。下半身は隠しようがない。大きくなった性器を晒《さら》す、これ以上なく卑猥《ひわい》な格好だった。

「うん……っ」

汗が一筋、内腿《うちもも》を流れた。そのいやらしい感触に、佐智はゆるゆるとかぶりを振る。猥《みだ》りがわしいその様子に、西園寺がごくりと喉を鳴らすのが聞こえた。

紫煙をくゆらせ、叶は客人にゆったりと笑いかける。

「お気になさらず。子猫に罰を与えています。この屋敷から許可なく逃げ出したので。子猫は意外に扱いが難しいものですね、非力なくせにどうにも我儘《わがまま》で手こずっています」

「ほう……それはそれは」

西園寺は興味深そうに、佐智の裸体を眺めた。動物扱いされる酷い恥辱《ちじょく》に、佐智は目に涙をいっぱいに溜《た》めて解放を訴えたが、叶はそれを黙殺した。

それどころか、ゆっくりと足を進めると佐智の体に悪戯《いたずら》を仕掛けてくる。

「見ていただきなさい、晶。西園寺様はお前みたいな躾《しつけ》の悪い子猫にも大変なご興味をお持ちの様子だ」

「……うぅっ！」

佐智は猿轡を噛み締め、上半身を捩《よじ》って抵抗したが、拘束された体は易々と叶の意のままにされてしまう。西園寺に背中を向けるよう反転させられ、ほんの少し、ロープを緩められる。そして大きく腰を突き出す馬飛びの格好を取らされる。客人に佐智の奥の奥まで見えるように、尻が左右に開かれた。

ずっと放置されている佐智の性器が、充血して涙を流している理由がそこにあった。やや小ぶりのバイブレーターが佐智の小さな蕾《つぼみ》に挿入されているのだ。

「ううぅ………うぅ………っ」

蕾から少しだけ覗いているバイブレーターの末端からはコードが伸びて、だらしない尻尾《しっぽ》のようにコントローラーが揺れている。叶がスイッチを入れると、ぶうん、と羽音のような音がして佐智の内部に細やかな振動が生まれた。

「んんんっ‼」

全身を、真《ま》っ直《す》ぐに火の柱が貫いたみたいだ。身の置きどころのない淫靡《いんび》な感覚に、佐智は爪先《つまさき》に力を入れきゅううっと体を硬直させる。性器はますます硬く勃起するが、熱を放つことはない。叶はどこまでも悪辣で、佐智の性器の根元は細いピンク色のシルクのリボンでぎゅうぎゅうに締め付けられているのだ。

「ん……っ、ふ…、ん……」

「感じやすくて困っています。外に連れ出せば場所も弁《わきま》えずに服を脱いで男を誘いかねない淫乱だ。何か、上手く躾《しつ》ける方法があるといいんですが」

そして、客の前でより辱《はずかし》めるため、叶は佐智の根元のリボンを解《ほど》いた。シルクの衣擦《きぬず》れにさえびりびりとした感覚が走るほど敏感になった、真っ赤な性器の長い部分を前後に擦《こす》られれば、佐智は呆気《あっけ》なく達してしまった。

「――――っ……！」

ぶるぶると、体が戦《おのの》く。客が来るまでにすでに何度も射精させられているから、半透明になった飛沫《ひまつ》は弾むことなく、お漏《も》らしのようにとろとろと太腿を濡らす。足元にはもう、小さな水溜りが出来ていた。佐智が受けている壮絶な拷問を前に、西園寺は額にかいた汗をハンカチで拭い取る。

「叶君、その……この子は、商品ではないのかね」

「残念ですが。愛すればこその厳しい躾です」

「なるほど、いや、これはしかし……」

マントルピースで燃え盛る炎が、汗で濡れる佐智の体を照らしている。

西園寺が再び喉を鳴らす。小さなバイブレーターさえきゅうきゅうと締め付ける佐智の窄《すぼ》まりの様子を、頭に思い浮かべたのかもしれない。

「億単位で構わん、一度検討してみてはくれないか。こんな上物は滅多と手に入らん」

「これは私の最愛の子猫です。億が十億でもお譲りすることは出来ません」

叶は尊大な口調でそう言って、商談はこれで終わりだとばかりに踵を返す。客は名残《なごり》惜しげに席を立った。佐智は羞恥《しゅうち》を堪《こら》え、泣き濡れた目で助けて、と訴えたが、この好色そうな客人は佐智の性器や尻を見るのに夢中で気付かない。

最後の最後まで未練がましく、佐智の素肌をたっぷりと視姦《しかん》して、部屋を出て行った。

叶が咥《くわ》え煙草《たばこ》でこちらに近付いてくる。

「見たか、あの目付き。屋敷のセキュリティを強化する必要があるな。うちに強盗を押し入れてお前を誘拐しかねない」

「んー！　んんーっ！」

叶はビスチェの緩い胸元から覗く佐智の尖《とが》り切った乳首をきつく抓《つね》った。しかし、敏感な突起への強い刺激は、痛みというよりは気絶するほどの快感をもたらす。上手く呼吸が出来ない息苦しさに、激しく肩を上下させると、叶はようやく猿轡を外してくれる。

鳴咽とともに、ひゅうひゅうと苦しい吐息が漏れた。

「何を泣いてるんだ。気持ちよかったんだろう。こんな格好で、客の目の前でイけるなんて、お前も大概恥知らずだ」

「イヤ！　嫌い！　大嫌い‼」

佐智は叫んで、涙をすくい取ろうとする叶の指を拒絶した。

「嫌い、叶さんなんか、大嫌い………っ」

嫌い、と繰り返すのに、顎《あご》をつかまれ、涙でくしゃくしゃに濡れた顔をじっくりと検分されている。そうして唇が合わせられた。強引に舌がねじ込まれる。

「うっ……ん、ん………」

濃厚な口付けから逃れようと体を捩ると、肩を強くつかまれて、手首や肩に体重がかかる。

手首に激痛が走って、佐智は悲鳴を上げた。

「あぁっ！」

「馬鹿な子だ、晶。俺のところから逃げ出すなんて」

佐智の悲痛な様子を嘲《あざけ》るように、叶はそう言った。

逃げてもすぐに捕まって、こんな目に遭うのは分かっていたはずなのに。

「………う……っ」

バイブレーターの電源が、いったん切られる。無機的な快感から束《つか》の間《ま》解放され、佐智は体を弛緩《しかん》させた。それでも宙吊りにされた拘束は、解かれることがなかった。

「…………俺は、晶さんじゃない……っ」

顔を上げ、佐智は叶を睨《にら》み上げた。拘束されて無防備に肌を晒したまま、それでも精一杯、声を上げた。

「俺は晶さんじゃない………！　俺は俺です！　沢村佐智です！」

大声を上げる佐智を、叶は物珍しそうに眺めている。煙草を咥えた唇には、微笑さえ浮かんでいる。まるで相手にされていない悔しさと焦燥に、涙が零れた。

――それでも、今叫ばなければ、本当に取り返しがつかなくなるから。

「晶さんじゃない！　晶さんじゃない！　お願いだから、もう、『晶』なんて呼ばないで……ここから出して、教会に帰して下さい………！」

もうこれ以上、耐えられない。

贅沢な生活なんかいらない。美食三昧《ざんまい》のテーブルも、甘いお菓子も高価なダイヤモンドも、もう何も欲しくない。佐智は、沢村佐智に戻りたい。『晶』と呼ばれるのは、お前なんかいらない、必要ないと言われ続けるのと同じだ。

この屋敷の中に佐智はいない。叶が見ているのは、他の大人たちが見ているのは佐智じゃない。『晶』だ。

だけど叶は、その気持ちを分かってくれない。叶が優しいのは『晶』に対してだけだ。それが悲しくて辛い。教会に帰りたい。神様の御許《みもと》に帰りたい。

この一週間の全部を懺悔《ざんげ》して、本当の自分を取り戻したい。

「お願いです。俺は晶さんじゃない。もう、神様のところに、帰して…………」

「本当に、お前は聞き分けがない。だが――」

佐智の強情ぶりに、叶は呆《あき》れたように笑っている。その悪辣な視線は、テーブルに飾られた薄桃色の薔薇とコデマリのアレンジに向けられている。

「悪い子猫のためのお仕置きなら、いくらでも用意出来る」

佐智は目を見開いた。悪い予感に総毛立つのを感じた。叶はアレンジから、一輪の薔薇の蕾を抜き出した。まだ花びらの付け根にほの白さを残す、可憐なシルク・レッドだ。

「……な、に……っ」

「お仕置きだと言ったろう？　可愛いお前に似合いの罰をくれてやる」

「……な、にを……っ？」

薄っすらと微笑を浮かべる叶はそれには応えず、佐智を背後から抱き締め、性器に手を伸ばす。佐智はまさかという思いに目を見開いた。

「…………いや」

叶が、親指の腹でくちゅくちゅと佐智の蜜口を解《ほぐ》し始めたからだ。ここに、薔薇の茎を差し込むつもりなのだ。佐智は身を捩り、吊られた腕がもげるほど暴れるが、恐ろしい悪意の前にはあまりにも無駄な抵抗だった。

「大丈夫だ。棘《とげ》はまだない。プラスティックのストローよりも、もっと柔らかくて細い。オイルをたっぷり塗ってあげるから、痛みはないよ」

「嘘っ！　そんなの、嘘だ……」

しかし佐智の性器は、この危機の前で、次の愛撫をもらえるのだと期待して無邪気にも涎さえ垂らしている。切り込んだ細い茎の最初の五ミリが、慎重に、注意深く、挿入された。柔軟性のある植物は、意外なしなやかさで細い蜜口にもぐり込む。

「うぅ……っ、うう――……」

唇を噛み、決して無残な性器の状態を見ないよう目を閉じると、さらに深く、二センチほど挿入される。もう悲鳴は悲鳴にもならず、佐智は体を硬直させ、開きっぱなしの唇の端から唾液の雫《しずく》を零した。

叶はとても満足そうに、佐智の耳元にちゅ、ちゅ、とキスを繰り返す。

「……見てごらん、晶。お前のここに可愛い薔薇が咲いてる」

「ひ……っ、イヤ、イヤっ！」

「見なさい。目を開けないなら……」

「………ひあぁ――っ！」

佐智は叶に抱かれた体を仰《の》け反《ぞ》らせ、悲痛な声を上げた。

叶が、薔薇の茎をゆっくりとピストンさせたのだ。頭の中が真っ白になる。これ以上なく敏感な粘膜が、植物の茎のざらついた表面で刺激されているのだ。尿道を精液が駆け抜ける。脳天が痺れるほどのきつい快感が絶え間なく与えられて、佐智は泣き叫んで身悶《みもだ》えた。

「――――」

一瞬、ふっと意識が遠くなった。

小さな体では処理しきれない快感に、意識の方が先回りしてブラックアウトしたのだ。自分を吊り下げるロープがきいきいと鳴くのを聞きながら、佐智は虚《うつ》ろに空を眺めていた。

「……可愛いな、晶。無力で愚かで、お前は本当に可愛い。お前をここまで愛してるのは俺だけだ」

叶が腕を伸ばし、天井から佐智を吊り上げていたロープをようやく解《ほど》いてくれた。両手は一まとめに繋《つな》がれたまま、佐智は腹からどさりと絨毯の上に倒れる。体中の関節が、ぎちぎちと嫌な音を立てている。

「……………うう」

「祈れよ」

不意に、叶がそんな言葉を口にした。

「天使祝詞《てんししゅくし》を唱えてみせろ。お前がちゃんと全部言い切ったら、教会に帰してやってもいい」

不恰好《ぶかっこう》に床を這《は》っていた佐智は、ビスチェの紐が垂れ下がるその肩越しに、叶を見上げた。意外な提案に、咄嗟に返事が出来ない。極限の状況で、やっと小さな小さな希望が与えられたのだ。

佐智は涙で濡れて重くなった睫《まつげ》を、何度も瞬《しばた》かせた。

「て、天使祝詞……？」

「ああ。言えるだろう？　長い祈りじゃないはずだ」

「……、ほんとに、ここから帰してくれる……？」

「俺は嘘はつかない。ただし、祈りを全部言い切る前にお前が神様を裏切ったら……お前の負けだ」

「…………」

叶はたぶらかすようにそう言って、たっぷりと佐智の尻を手のひらで撫で回している。

「どうした？　祈りの言葉はもう忘れたか？」

「う……っ」

叶は佐智の背後に膝をつき、汗に塗《まみ》れた尻を鷲《わし》づかみにする。左右に割られて、窄まりから覗いているおもちゃのコードをくいくい引かれる。少し零れている粘膜にふっと息を吹き付けられると、たったそれだけの刺激で、敏感な内奥が悩ましく蠢《うごめ》いてしまう。

「あ――あ……っ、ぁ――」

「中はもうぐちゅぐちゅだ。自分でも分かるだろう？　自信がないなら、賭けを降りたらいい」

天使祝詞。子供の頃から何千回と唱えたお祈りだ。もちろん空で言える。

心を込めて、お祈りの詞《ことば》を口にしたら、佐智がどんなに教会に帰りたがっているか、叶は分ってくれるかもしれない。甘い期待に胸を膨らませ、佐智はぎゅっと目を閉じた。

背中に回された指先で無意識に十字を切りながら、馴染んだ言葉を唇に乗せた。

「……めでたし、せいちょうみちみたるマリア……」

神様は、きっと佐智を救って下さる。

けれど、佐智が祈りを始めると同時に、叶は佐智の蕾にぐっと指を押し入れた。

「……あうっ！」

「続けろ。教会に帰りたいんだろう？」

容赦なく、ぐちゅ、ぐちゅ、と激しくかき回し始めた。その度に、まだ挿入されたままのおもちゃが、狭い筒の中を右に左に転がり回る。もちろん叶も、佐智が詞を言い終えるのを、何の妨害もなく許すはずなどなかった。

佐智は汗ばんだ手を握り締め、叶の悪意に晒された下半身の感覚を必死に黙殺する。苦しい吐息の下で神様に祈り続けた。

「主、御身と、……もに…、ま、します…、御身は、おんなのうちに、て――」

「……その調子だ」

からかうように言って、叶はバイブレーターのコントローラーを手に取ると、再びそのスイッチを入れる。

「や……――――っ‼」

先ほどの、回転するだけの単調な動きとは違う。蛇のようにくねり、全体を覆う尖った突起が、火傷《やけど》を負ったように爛《ただ》れた佐智の粘膜をひっかいて刺激する。しかも、叶はおもちゃの末端を指先で摘《つま》むとそれを前後に揺り動かし始めた。

「あん、…やあぁあっ…………んん、あっ……ん」

佐智は足を突っ張り、背中を仰け反らせて嬌声《きょうせい》を放つ。内部への刺激に真っ赤に勃起した性器からは先走りが溢れ、突き刺さった薔薇の花をたっぷりと潤わせている。

「……あぁあっ、………ああん………！」

「どうした？　続けなさい」

「……しゅく、ご……た、胎内の、……………………っ」

罪人《つみびと》なる我らのために、今も臨終の時も祈りたまえ――――

最後の一節まで、あと、ほんの少し。だけど、もう佐智の唇からは、ひゅうひゅうと引きつれた呼吸が漏れるだけだった。

「………はあ、はあ……は………っ」

無機物を相手に、佐智は腰を揺らめかせ、甘い、やるせない溜息をつく。足が少しずつ、叶を誘うように開いていく。体が、心を裏切り始める。焦燥感にすすり泣く佐智をさらに責め立てるように、叶の指が、バイブレーターの尻をぐっと中へと押し進めた。

「あ――――――っ！」

佐智は弓なりに体を反らせ、小さな獣のように絶叫した。いきなり、細かに震えるおもちゃが、佐智の「芽」を直撃したのだ。

どんな綺麗な祈りの言葉も、もう完全に霧散し、拷問《ごうもん》に耐えに耐え続けた佐智はついに絶頂に達した。突き入れられたままの薔薇の茎と粘膜の隙間《すきま》から、精液がぷくぷく、と泡状になって零れ落ちる。

白い雫は、佐智の敗北の証《あかし》だった。

あれほど教会に帰りたいと懇願しながら、佐智は呆気なく叶に籠絡《ろうらく》されたのだ。

「馬鹿な子だ。こんなにいやらしい体をして、今更教会になんて帰れるもんか」

叶は茫然自失《ぼうぜんじしつ》でいる佐智の拘束を丁寧に解き、横抱きにすると、赤い痕《あと》が残る手首に口付けた。

――――何て酷い男なんだろう。最初から、叶は分かっていたのだ。

叶の責めの前に、佐智が祈りの詞を言い切ることなど出来っこないと。

佐智がどれほど感じやすい体をしているか。どんなに快楽に弱いか知っているのは、佐智本人より、叶なのだ。彼がこんな風に淫《みだ》らに、佐智の体を変えたのだから。

悔しさに嗚咽を上げ、涙を流している佐智の無力な様子が、叶にはいっそう愛《いと》しいようだった。非力さを顧《かえり》みずに反発して、罰を受けて、傷だらけになる。そんな愚かな「子猫」を叶は慈しんでいる。

そして、絨毯の上にじかに座った自分の膝の上に佐智を抱え、射精してやや萎《な》え始めた性器から、ゆっくり、ゆっくり、慎重に薔薇の茎を引き抜き始めた。

「あ、ああ、ふ……っ」

叶の膝の上で、佐智はびくんと下肢を震わせた。茎がすべて抜き出されたその途端、ずっと我慢していた別の欲求が堪えきれなくなる。何とか我慢しようと思ったが、理性で制御出来るものではない。

「あっ、あ、あ……」

止めようと思うのに、それは勢いよく放出して放物線を描く。小雨が降るような音を立てて叶のスーツを濡らし、絨毯にはたっぷりと水溜りを作った。

「いや――あ……」

「気にしなくていい。今のも可愛かった。滅多と見られるもんじゃないからな。だけど――」

慈愛に満ちた瞳。汗ばんだ背中を優しく撫でて、つむじにキスしてくれる。

「賭けはお前の負けだ、晶」

とんと背中を押され、再び床を這わされる。バイブレーターが一気に抜き出されて、背後から腰がつかまれた。高く高く掲げられた尻を左右に割られれば、叶の意図は明瞭だった。

神様は、佐智を助けてはくれない。

熟れ切っていた佐智の窄まりに、ゆっくりと叶が押し入って来た。

「あああぁ……あ――っ！」

一気に突き入れられて、ピンク色に上気した唇から、佐智は悲鳴を迸《ほとばし》らせる。

「………、あ、あぁう………っ！」

いきなり大好きな凝《しこ》りを上下に嬲《なぶ》られる。佐智は紅潮した頬を床に押し付けて甘い声を漏らした。細い、単調なバイブレーターの動きだけではとうに飽いていた佐智の器官は、もっと奥へと叶を誘い、淫らに蠢いている。

思い知らされる。本当は待ち望んでいたのだ。こんな風に叶に貫かれるのを。

「あっん……、あん……、いい………っ」

目をぎゅっと閉じ、もう何度目かさえ定かでない絶頂に上り詰めていた佐智は、あられもなく声を高めていく。

しかし、不意にぴたりと叶が腰の動きを止めてしまった。佐智は慌てて背後を振り返った。

「やぁ――……、やめないで………っ」

「どうして。さっきまであんなに嫌がってたのに」

切なく尻を振って縋ると、叶は意地悪くひょいと腰を退《ひ》いてしまう。あと少しのところで放り出されてしまって、訳が分からなくて、佐智はすっかり恐慌《パニック》に陥ってしまっている。

祈りの詞を最後まで言えなくて、失禁までして、佐智の自我はもうめちゃくちゃだ。縋るものが何一つ見付からない。神様も助けてくれない。今、目の前にいる、この男以外は確かなものなど何もない。

「ん、ほしい、ほしい……っ」

「欲しいなら、俺に誓いなさい。もう俺から逃げないな?」

「あ………っあ」

「お前の神様が何をしてくれる? 天国なら、俺がくれてやる。お前をこんな風に幸せにしてやれるのは、俺だけだ」

背後から顎をつかまれ、唾液で濡れた唇を指でなぞられて。言葉遊びを教えられるみたいに、丁寧に命令を受ける。

「誓いなさい。もう、逃げないな?」

自分がこれからどうなるのか。神様はどうして佐智を救っては下さらないのか。

沢村佐智、という人間は、それほどまでに必要のない存在なのか。

何一つ分からないまま、もう目先の快感しか頭にない佐智は、呂律《ろれつ》が回らない舌で叶が要求する言葉を紡ぐ。

「逃げない…………」

佐智はついに、理性と信仰を手放した。言い残した祈りの詞など、頭の片隅にもない。

「ん、にげ、ない…………っ」

叶がその言葉を確かめるように腰を一突きする。ぐちゅ、と音がして、佐智はうっとりと唇を開いた。

「逃げない……ずっと、ずっとここに、いる、ずっと唯臣のそばにいるよ……っ」

まるで、佐智の方から、ずっと叶の傍に置いて欲しいと懇願するような切実さで、佐智は何度も何度も繰り返した。

そんな素直な佐智に、叶は限りなく優しい。もうどんな残忍な仕打ちも、意地悪もしない。背後から優しく指を絡め、耳元に唇を寄せ、甘く囁く。

「…………そう、可愛い素直な子猫に、ご褒美をあげようか」

「ああ……っ」

どうされるのが一番好きだ？　と尋ねられ、佐智は恍惚《こうこつ》として答える。

「んっ……そこ、ぐちゅぐちゅって、かき回して……」

「それから？」

「…………唯臣にいっぱい…中に、かけて、もら…………」

「中で出されるのが好きなのか？」

「うん、好き……熱くて、だいすき………っ」

両手で頭を覆い隠して、佐智は恥ずかしい秘密を告白した。こっそりと自慰をしているところを見られたような羞恥は、けれどあっという間に霧散してしまった。

「ああ…ぃ、っく………！」

大きな手のひらに性器を包み込まれ、ぎりぎり限界にあった体を上下に揺さぶられる。佐智は性器を打ち震わせて、体液を噴き上げた。

かつて住んでいた場所にはもう戻れない。

何度となく愛を囁きかける男は、佐智からついにすべてを奪い尽くした。


久遠は足早に叶家の廊下を歩いている。真っ直ぐに叶の寝室を目指している。

ノックもせずに乱暴に扉を押し開くと、叶は夕闇が落ちた室内で、ベッドの傍らに腰掛けていた。

「……来たのか。何だ、そんなに慌てて」

「来たのか、じゃない。何だ、今の悲鳴は」

この屋敷の玄関ホールに入るなり、この寝室の方向から子供の悲痛な叫び声が聞こえたのだ。この屋敷で起こっている異常な事態を知っている久遠には、何事かすぐに察しがついた。

ベッドに近付くと、佐智――今は叶から『晶』と呼ばれている少年が横たわっている。眠っているのではない。失神しているのだ。白い頰に、涙の痕が幾筋も残っていた。

「気絶してる。いじめすぎた」

ベッドヘッドと足首にはまだロープが巻き付いている。佐智がどんな惨《むご》い姿勢を取らされていたのか、想像に難《かた》くなかった。そして、床には、アンティーク・ドールが着るような愛らしいドレスが散乱している。

住んでいた場所から連れ去り、純潔と信仰を、そして名前を奪い、少女の格好を強要して、年齢と体に不釣り合いな快楽の底に貶《おとし》めて。叶はこの子の精神をめちゃくちゃにするつもりなのだ。

久遠は傍らのタオルを取り、子供の足首を取ると散々いたぶられたはずの窄まりを上向ける。

そして眉を顰《ひそ》めた。そこは真っ赤に充血している。おまけに、そこから叶が注ぎ込んだ精液がたっぷりと溢れて来た。

「おい、お前、いい加減にしておけよ」

子供相手にもまったく容赦がない。深い憤りを感じて、久遠は友人を睨んだ。

「ここはもともとセックスに使う場所じゃない、しかもこの子はまだ子供だ。もう少し加減をしてやれ」

だが、叶はふざけたような顔で肩を竦めるばかりだ。

「愛してるんだ。多少激しくなるのは仕方ないだろう。それに、乱暴にした方が悦《よろこ》ぶんだ。後ろだけで射精して、イく時にはきゅうきゅう締め上げてくる。最初は泣いてたけど、今じゃすこぶるつきの淫乱だ」

「そんな風にこの子を変えたのはお前だ。それからちゃんとコンドームを使え。それが嫌なら終わったらすぐに風呂に入れてやれ。直腸で射精されたら、受け身はいっそう消耗《しょうもう》が激しくなるんだ」

――いや、そんなことではないのだ。

そんなことではない。

久遠は佐智の処置を済ませた。どんなに際どい場所に指で触れても、佐智はぴくりとも反応しない。すでにそうされることに狎《な》れてしまっているのか、それとも完全に消耗し尽くしているのか。

佐智が、その外見に見合わず強い精神力を持つ子供であることは、この場合大変な不幸だった。与えられる快楽と豪奢な生活に溺れず、人間は清く正しくあらねばならないという自分の信念を何とか貫《つらぬ》こうとしている。

決して堕落しない。体は籠絡されても心がまだ抗《あらが》っている。

それでも、結局は大人と子供なのだ。こんな虐待を受けていれば、恐らく、沢村佐智という人格は崩壊する。叶の望み通りに。

一時は、叶と佐智はまるで本当の恋人同士かのように、仲良くじゃれ合っていた。「彼」がいた時さえ、常に厭世的《えんせいてき》だった叶が、佐智の傍で人間らしさを見せることに密かに驚いていたが、それはどうやら久遠の勘違いだったらしい。この男は相変わらず自己中心的で、残酷だ。

もう、これ以上佐智を叶の傍には置けない。彼のためなら、この子を犠牲にすることもやむを得ないと思った自分が愚かだった。

こうなることは、内心分かっていたはずだ。

こんな風に、叶が誰かを束縛し、監禁することは初めてではない。誰かを、モノのように扱い、苦しめることは今回で二度目のことだ。一度目の犠牲者は、佐智より遥《はる》かに自立心や反逆心が強く、叶に見切りをつけるとさっさと逃亡を企《くわだ》てた。

『唯臣《あいつ》のアレは、愛じゃない』

きっぱりとそう言い放った「彼」の逃避行に、久遠は手を貸した。

叶と「彼」の関係はどうしようもない膠着《こうちゃく》状態に陥っていて、放っておけば二人ともども破滅しかねないほどだったからだ。

久遠は気性のはっきりとした「彼」のことが友人として非常に好きだった。叶のことも、どうしようもなく歪《いびつ》な奴だと思いながらも、腐れ縁で十年以上も付き合っている。二人の幸福を思えば、いったん引き離すことが、最良の選択だと思った。

だから今回、この少年が叶に囚われている責任の一端は、久遠にもある。

考えなければならない。叶から、佐智を引き離す方策を。

「叶、お前……この子を、解放するつもりはないのか？」

「ない」

「一週間の約束だったはずだ。晶の命日が過ぎたら、この子を解放して教会に帰すと言っただろう」

「仕方ないだろう、手放すのが惜しくなったんだ。どうした？　久遠。子供嫌いの割に随分この子を庇《かば》うじゃないか。この子に惚《ほ》れたか？　それとも今指を入れた場所の具合が気に入ったのか」

「いい加減にしろッ！」

テーブルの上に載っていたグラスを、久遠は右手でなぎ払った。それは天蓋の支柱にぶつかり、細かな欠片《かけら》が飛び散る。

「何を怒ってるんだ、久遠」

叶はまったく悪びれずベッドに腰掛け、高々と足を組んで冷笑を浮かべている。

「構わないじゃないか、俺はこんなにこの子を愛してる。教会にいた時よりずっと楽をさせてるはずだ。セックスは多少激しいかもしれないが、美味いものを食わせて、綺麗なものを見せて、いい服を着せて。こんなに大事にしてる。それなのに何の文句がある？」

「お前はこの子を利用してるだけだ。この子の人格はどうなる？　もうずっと本当の名前を呼んでもらえない、いつ自分の元いた場所に帰れるかも分からない。この子はいずれ自分を見失って精神を崩壊させるぞ」

苛立《いらだ》った久遠は、足元に飛散したガラス片を靴で踏みしだいた。みしみしと、細かな亀裂が入って透明なガラスが砕ける。物が壊れる音は、常に人を不快に、不安にさせる。

「……一生、こうやってるつもりなのか。人形みたいに閉じ込めて、一生、この子を逃がさないつもりか」

「ああ。一生離さない。一生愛していく。いずれ、この子も俺と愛し合ってた頃の記憶を取り戻すかもしれない」

「…………」

「こんなに似てるんだ。もしかしたら、死んだ晶の魂がこの子の中に迷い込んでるかもしれないだろう？」

くだらない言葉遊びで、叶は久遠を愚弄《ぐろう》しているのだ。久遠を、さらに憤らせようとしている。この男と話していると、気がふれそうになる。この男の狂った世界観に、引き摺《ず》り込まれそうになる。

だからついに、久遠はその一言を口にした。

「お前、本当は最初から気付いてたんだろう」

一瞬、後悔が胸を過《よ》ぎった。今、自分が漏らした一言で、事態はさらに悪化するかもしれない。

「何もかも、最初から気付いてたんだろう。この子をめちゃくちゃにして、傷付けて……晶を連れ戻すつもりで、この子を捕まえたんだろう」

「何のことだか、さっぱり分からないな」

「分からないままこんなことをしてるなら——お前は、やっぱり異常だ」

「俺が異常だと？　だったらお前はどうなんだ」

それが叶からの宣戦布告だった。

「俺よりお前の方がおかしいじゃないか。俺が異常だと思うなら、どうして一週間以上も、この子が苦境にあるのを放置していた？　この子を逃がしたら、お前や——他の誰かに、何か不都合があるのか？」

叶は悪魔そのものの美しい微笑を見せている。

心底楽しそうだ。それは楽しいだろう。叶が仕掛けた罠に、久遠が堪え切れずに自分から飛び込んだのだから。この男はずっと、この瞬間を待っていた。餌食《えじき》になる幼い子供を捕らえ、陵辱《りょうじょく》して、久遠が臨界点を超えるのを待っていたのだ。

やはり、久遠が危惧《きぐ》した通りだった。叶はすべて知っているのだ。多分、最初から晶の嘘に気付いていていた。晶と――久遠の嘘に。

久遠は手のひらを握り締める。この友人を殴《なぐ》ることは出来ない。

罪の一端は、自分にもあるのだから。

「もしも晶が生き返ったら……お前はこの子を解放してやれるのか？」

叶は何も答えない。自分が作り出した虚構の世界に、出口がないことに叶自身も気付いているのかもしれない。

この狂った世界を打ち砕くことが出来るのは、ただ一人しかいないのだ。

彼はホテルのテラスで紅茶を飲んでいる。

空には朝から、鈍色の雲が流れていた。ドーヴァー海峡近く。冷ややかな空気は多分に湿気を含んでいる。

あーあ、今日は雨かよ。薫《かお》り高い熱い紅茶を一口飲んで、呟く。

雨になると、キャンバスと筆が湿気《しけ》る。油性絵の具でも乾燥すると思った以上に色変わりすることが多い。だから雨の日に、作品を描くのは嫌いだ。まあ、もともと気紛《きまぐ》れで勤勉な画家とは到底言えないのだが。

ホテルのティールームから、壮年の男が彼の名前を呼んだ。金髪碧眼《へきがん》の英国貴族だ。今現在、彼を愛人としてこのホテルに長期滞在させている。

すぐに行くと答えて、それからテーブルに頬杖《ほおづえ》をつき、そっと溜息をついた。

この男ともそろそろ潮時か。英国貴族は礼儀正しい分、感情表現が遠回しだ。プライドが高いから自分からは決して愛していると言わないくせに、限度を知らずにこちらの愛情を求めて来る。強引で傲慢《ごうまん》だ。時には、残酷ささえ垣間《かいま》見せる。

――なんたって、魔女狩りと拷問の国だからな。

そしてしどけなく、やや伸びた髪をかき上げる。

そういえば、今の恋人より、もっと激しく、もっと熱烈に愛情を求めてきた馬鹿がいた。仕事を通じて知り合って、蜜月ともいえる数ヶ月を過ごした。美しく傲岸不遜《ごうがんふそん》な男だったが、美術商という専門家としても、男としてもほとんど完璧と言えた。セックスも抜群に上手かった。しかし、その男には人間として、大変な欠落があった。

その男は、人の愛し方を知らなかったのだ。他人を美術品と同じ、意志のないモノのように考えていたからだ。

モノ扱いをされるなど真っ平だ。さっさと見切りをつけて、その男の下《もと》を去ろうとしたが、彼の行動は、せいぜい楽しいゲームとしてしか解釈されなかったようだ。男は彼を拘束することを楽しみ、一時は監禁さえされていた。友人の協力を得てまんまと逃げ出してやったが、その後、その男がどうしているか、彼はまったく知らない。興味すらない。

「……どーしてんだかな、あの馬鹿は」

彼は呟いて煙草を咥えた。風景画の画家である彼は、束縛されるのが大嫌いだ。

今現在の恋人である英国貴族にも、あり余るほどの一生の贅沢と引き換えに、永久に傍にいて欲しいと懇願されているが、受けるつもりはさらさらなかった。

いったんイタリアに渡ろうか。美味いワインと海産物をたらふく食ってやる。それからフランスだ。ヨーロッパ大陸を迂回《うかい》し、バルト三国を回って北からイギリスに入る。ネッシーのいないネス湖を描こう。

どこにだって行ける。描きたいものを存分に描く。彼は自由が大好きだ。美食も恋も、セックスも大好きだが、気ままに自由を謳歌《おうか》することが何よりも好きだ。そして絵を描く。それが生きがいのすべてだった。

背後から、ほとんど気配もなくコンシェルジュが現れた。そして彼に一枚の封書を恭しく手渡した。

「当ホテルのＰＣに貴方様宛のメールが届いておりました。プリントアウトいたしましたのでお届けいたします」

「ありがとう」

彼はにっこりと笑って受け取った。送信者を確認する。久々に見る名前に息が止まった。

「……久遠」

風が強くなった。厚い、暗い雲で覆われた空から、ぱらぱらと冷たい雫が落ちてくる。

この瞬間を待ちかねたように、雨は降り始めた。

彼――――羽鳥晶は風の中で目を伏せた。


「晶、見てごらん」

薔薇園の片隅に設《しつら》えられた揺り椅子に座り、佐智は空を眺めていた。

天気は良かったが、立ち上がる気力はない。用意された熱いお茶を飲む気にもなれず、ただ虚ろに視線をさ迷わせていた。

今日の衣装は、黒いワンピースだ。薄いシフォンが何十枚も重ねられ、袖や裾に豪奢《ごうしゃ》なレースがあしらわれている。もちろん女の子向けに作られたものだ。叶は佐智に愛らしい格好をさせるのを殊の外気に入っている。そんな格好に佐智が嫌悪を感じていることは当然無視だ。可愛いものには可愛い格好をさせたい。ただそれだけだ。

叶は一本の薔薇を、佐智に示した。可愛らしい、プチ・シースと呼ばれるピンクの薔薇だ。花びらの先端がくるんと外向きにカールし、蜜で覆われたように潤っている。

「綺麗だろう。お前が気に入ってた新種の薔薇だ」

それは目の前の庭いっぱいに咲き誇っている。

この前、薔薇のカタログを見せられて、この薔薇が欲しいかと聞かれたので、特に何も考えずに頷《うなず》いた。どんな形でも、叶に否と言うことは佐智には出来なかった。

そうしたら、翌日にはもう庭師がやって来て、それまで咲いていた薔薇をすべて引き抜き、このプチ・シースと植え替えてしまった。まだ満開だったのに地面と引き離された薔薇は庭の片隅に積まれ、無残に焼かれた。

「他に、欲しい物は?」

尋ねられて、佐智はふるふるとかぶりを振る。その頼りない仕草が気に入ったのか、叶は愛しそうに佐智の耳元に唇を寄せた。

「愛してる、晶」

幸福そうな囁きに、佐智は睫を伏せる。視界はすぐに潤み、冷えた手のひらに熱い滴りが零れ落ちる。叶は、佐智の涙を一切黙殺している。お前の望みはすべて叶えてやる。だからお前は幸福で、涙を流すはずなどないと言わんばかりだ。もうお前は俺のものになったんだから、神様を捨てると誓ったんだから。

「……愛してる」

これほど愛していると言われながら、涙が零れる理由に佐智は気付いていた。

絶望的な気持ちだった。佐智は、この男に恋しているのだ。

相手は財力にものを言わせ、自分を拉致《らち》監禁し、陵辱したはずの男だった。異常で破廉恥《はれんち》で、傲岸不遜な男。

それなのに、指先が薔薇色になるまで優しく口付けられて、愛してると囁かれて。散々見せ付けられた残虐性とは裏腹の愛情深さを知れば知るほど、佐智はこの男に惹《ひ》かれていく。幸福そうに笑いながら佐智の体を抱き締めてくれる、その腕の強さに、佐智は深い安堵と喜びを感じた。

それが恋と呼ばれるものだと、胸の痛みが佐智に教えていた。

けれど佐智は所詮、『晶』のレプリカだ。与えられる何もかもが、佐智のものではない。

何千回愛していると言われても、そこにどれほど深い愛情が込められていても、この男が呼ぶのは佐智の名前じゃない。叶が佐智に笑いかける度に、抱き締める度に、叶が佐智以外の誰かをどれほど愛しているか、こんなにも間近で思い知らされる。皮肉な片思いだった。

――――罰《ばち》が当たった。

何故、神様が佐智を救って下さらないか、やっと分かった。

神様は、全部お見通しだったんだ。神様は、毎日欠かさず祈りを捧げる佐智がどれほど浅ましく貪欲《どんよく》な子供か、ちゃんとご存じだった。

清く純潔を守り、努力していれば。毎日お祈りをしていれば。正しい行いを貫けば、きっといつか誰かに好きになってもらえる。佐智はずっとそう思っていた。

けれどそこには多分、佐智なりのいじましい打算があったのだ。

家族を失い、奉仕と労働だけを求められる教会にいて、それでも一生懸命に働いていたのは、きっと自分を取り繕い、無理にでも善良な人間を装いたかったから。ただ、誰かに愛して欲しかったから。佐智が純潔で信心深くあった瞬間など、本当は一刹那《いっせつな》たりともなかったのだ。

叶に捕らえられ、自分のものではない愛情を見せ付けられるのは、そんな浅ましさへの罰なのかもしれない。

もうきっと、佐智は誰にも愛してもらえない。

神様がいる楽園は、佐智にはもう、あまりにも遠すぎる。

今はただ、深い孤独に蝕《むしば》まれ、佐智も確実に壊れ始めていた。


佐智は裸でベッドに横たわっていた。

「うぅん……っ」

体がひどく火照《ほて》っている。

薔薇園の傍から連れ出され、まだ真昼だというのに、ついさっきまで叶に抱かれていたのだ。

しかし叶は、佐智があと少しで絶頂を迎えそうになったところで、急な仕事が入ったからと部屋を出て行った。

「あっ……ん、あぁん……」

一人きりの寝台の上で、佐智は四つん這いになり、手を伸ばして自分の窄まりに触れた。最後まで満たしてもらえなかったそこは不服そうにぽってりと膨らんで、硬くて長いものを入れて欲しいとひくついている。

シーツには、男性の性器を模したおもちゃが転がっている。

快感の最中でいきなり放り出されて、半狂乱になって身悶えた佐智に、叶は我慢出来ないなら自分でしてもいいと笑った。お前はとても淫乱だから。叶が帰るまで、好きなだけ自分で遊んでいいと。

「……う、うう……っ」

虚ろな目のまま、佐智はゆっくりと窄まりに指先を挿入した。自分でおもちゃを入れる勇気はなかったから、指で慰めながらそのいやらしい容《かたち》で視覚を刺激する。

「………はぁ、っはあ……」

叶が放った体液が、指を伝ってとろとろと溢れ出す。それをかき出すように、ぐちゅぐちゅ音を鳴らし、指を前後させる。佐智の指は、叶の指よりずっと細くて短いからちっとも満足出来ない。屹立《きつりつ》した前を一緒に扱いても、欲しい快感は得られず、もどかしくてぽろぽろ涙が零れた。

「うっ…ん、ん………」

叶に触ってもらいたかった。どうせ叶の心は『晶』のものだとちゃんと分かっているから、せめて体は飢えさせないで欲しい。

そう思うと、急激に体から力が抜ける。シーツに倒れこんでしまう。

「……ひ………ぅ…っ」

独りきりの部屋で、慰めてくれる人もいなくて、ただ嗚咽だけが漏れる。ここに来て、もう何日になるのか、佐智は正確に把握していない。

正気でいる時間が確実に短くなってきている。

ずっと『晶』と呼ばれ続けて、沢村佐智、という自分の名前を時々忘れてしまいそうになる。そんな人間が存在したかどうかさえ、もう記憶は曖昧《あいまい》だった。

――『晶』になってしまえばいいのだろうか？

そうしたら、この悲しさは。空《むな》しさは、消えてくれるんだろうか。

佐智が完全に自分を捨ててしまうことが出来たなら、ずっとずっと欲しくて焦がれた――愛情が、全部佐智のものになるのだ。ちゃんと誰かに――叶に、愛してもらえるのだ。

自分を『晶』だと名乗り、叶が大好きだと言う佐智を、きっと叶は喜んで受け入れてくれるだろう。思う存分抱き締めて、笑い合って、キスして。もう、寂しい思いはしなくていい。それが作り物の幸福であることさえ、いずれ忘れてしまうだろう。

――たとえ、沢村佐智が消えても、自分がいなくなっても、悲しむ人など誰一人いないのだから。

ぼんやりとベッドに横たわっていた佐智は、遠くの扉がゆっくりと押し開かれるのを見た。最初は幻覚だと思った。知らない誰かが、そこから入って来るまでは。

その人は、佐智と同じ琥珀色《こはくいろ》の瞳をしていた。髪は肩につくほどの長さで、やや無造作に伸ばされている。佐智は虚ろに呟いた。

「……だ…、れ……?」

「大丈夫かな。酷くされてる? 歩けるか?」

のろのろと頭をもたげると、その人はふわふわのファーで出来たマフラーを外す。ベッドに近付いて、佐智の汗ばんだ背中に手を添え、にっこりと笑いかけた。

「晶、だよ」

そして天使が羽を広げるような仕草で上着を脱ぎ、裸の佐智に着せ掛ける。佐智は彼を見上げた。

「あきら……？」

「さあおいで、ここから出してあげる」

あきら――――晶？

死んだはずの、羽鳥晶？

佐智としっかりと手を繋ぎ、晶は一歩室外へ踏み出す。だけど、佐智は小さな小川が飛び越えられない子犬のように足を踏ん張り、かぶりを振った。

「…ダメ、…………」

「駄目？　どうして」

「こ、こから……出ちゃダメ……また叱《しか》られる、から……」

怯え切って、たどたどしく呟く佐智に、晶は痛ましげに目を眇《すが》めた。

「大丈夫だよ。もう君は自由だ。俺が戻って来たんだから」

その快活な笑顔は春の太陽を思わせた。真冬の空気の最中、小さくなって一人震えていた佐智はその暖かな気配に惹かれておずおずと廊下に出る。

長時間にわたるセックスに疲弊し、上手に歩けない佐智をちゃんと気遣ってくれながら、『晶』は自信たっぷりの足取りで佐智を導いている。この屋敷の造りには精通しているようだ。

淀《よど》みなく、ただ真っ直ぐに出口に向かっている。

玄関ホールの大階段まで辿《たど》り着いたところで、階下に人の気配を感じた。

叶と久遠だった。しかし晶は一切怯《ひる》む様子を見せなかった。寧ろこの時を待っていたかのように、挑戦的な眼差《まなざ》しで叶を見下ろす。

「よお叶。久しぶりだな。何やってんだこんな子供捕まえて」

高らかにそう言い放ち、ベルトの間に挟んでいた何かを取り出す。

銃だった。アンティークの美しい銀製で、浮き彫りの細工が施されているグリップには見覚えがある。それは間違いなく、佐智が以前、書庫で見付けて物珍しさに弄んでいた銃だった。叶の一族を破滅させたというコレクションの一つだ。

晶はこの屋敷のことには相当詳しいようだ。佐智を迎えに来る前に、書庫に立ち寄って武器を手に入れたのだ。

「動くなよ。俺が引き金を引くのを躊躇うと思うか？」

「思わないな」

こんな時にも、不敵な態度を崩すことなく、叶はこちらを見上げている。死んだはずの恋人と対峙《たいじ》しても、何の驚きも感じていないようだった。

死んだはず。そうだ、晶は死んだのではなかっただろうか。死んだ彼の代わりに、佐智はこの屋敷に連れて来られたはずだ。

佐智は混乱した。佐智がこの屋敷にいる根底が、今、覆されてしまっている。

「逃げた俺へのあてつけか？　他人をおもちゃにしやがって。そんなんだからお前はいつまで経っても幸せになれないんだよ」

「いきなりの挨拶だな。お前、死んだ割には元気じゃないか」

「死んだ、か。はは」

長い睫をかすかに伏せ、晶は笑った。

叶を嘲笑《ちょうしょう》する怖いもの知らずの人間が存在することに、佐智はただ呆然としていた。

「笑わせんな。最初からどーせ俺が死んだなんて欠片も信じちゃいなかったんだろ。俺を連れ戻すために、この子を利用したんだろ。これ以上他人が犠牲になる前に戻って来いって脅しだったんだろう。やることがいちいちきたねーんだよ、お前はよ」

「お前が俺から逃げるからだ。死んだ、なんて馬鹿な嘘をついて、俺を騙《だま》したからだ」

「俺はもともとお前のものじゃない。俺がいつどこに行こうと、どこに消えようと、俺の勝手だ。嘘をつかせたお前が悪い」

乱暴な口調だが、弾みのある、聞き取りやすい声だった。

佐智はぼんやりと、傍らの青年を見上げていた。この人が、晶。

実際に本人を前にしてみれば、本当に顔立ちは佐智と似ていると思った。顔の輪郭や、目や唇の形。それは似ている。けれど、その圧倒的な存在感は佐智には到底及ばないものだ。

彼の傍にいる佐智は頬に、凄まじいまでのエネルギーを感じていた。蠟燭の炎に頬を近付けた時に感じる熱。燃え盛る強い生命力だ。

この人が叶に愛された人。死んだ、というのは嘘だと言った。どうしてそんな嘘をついたのだろう。何故、今になって叶の元へ帰って来たのだろう？

「久遠！」

晶は叶の背後にいた久遠に鋭く声をかける。

「この子を外に連れて行ってやれよ。ここから逃がしてやれ」

強い口調でそう命令する。久遠は叶の背中と、銃口を見比べている。そうして無表情のまま決断したらしい。

叶の傍を離れ、佐智が立っている踊り場に向かって階段を上り始める。佐智の手を取り、この屋敷の外へ連れ出すために。そうして、晶は再び叶を見下ろした。嘲るように。哀れむように。

「これでお前は一人だ。お前は誰も手に入れられないまままた一人になる。自分がしたことを一生一人で悔いろ。それがお前の罰だ」

「罰、か」

叶は静かに笑った。

「俺は罰せられるようなことをしたのか？」

「罪のないこんな子供を攫って、壊すところだった。お前がしたことは、久遠から全部聞いてる。裁かれないとでも思うのか？　神様でもない限り、お前がしたことは許さない」

「愛していても、か？」

「愛だと？　笑わせるな」

銃を構えたまま、晶は言い放つ。

「お前はな、金輪際《こんりんざい》、誰かを愛したことなんかねーんだよ。ただ一方的に、相手に自分の感情を押し付けてるだけだ。意志を奪って、モノ扱いしてこの屋敷に閉じ込めたがる、間違った独占欲だ」

佐智はただ呆然と突っ立っているのが精一杯だ。精神のぎりぎりの限界点にいる佐智に、晶は鮮やかに笑いかけた。

「逃げていいよ。自由になるといい。表通りまで出たら、車を拾うんだ。必ず逃げろ。こいつのことは、俺が始末する」

「始末……？」

「君は何も心配しなくていい」

背中をとんと押されて、階段の一段目まで来ていた久遠に腕を取られる。

「……………あ」

渇いた喉から、小さな呟きが漏れる。足が動かない。だけど、行かなくちゃ。

ここから逃げなきゃ。ここは、もう佐智がいるべき場所じゃないんだから。そう思うのに、動くことが出来ない。

「………」

「行くんだ。行かなきゃダメだ」

晶に繰り返しそう言われ、久遠に手を引かれ、よろめきながらも歩き出して、すべてはスローモーションのようにゆっくりと曖昧に感じられた。

何度も何度も歩いた、大階段に敷き詰められた絨毯の美しい幾何学模様。玄関ホールに艶《あで》やかに飾られたカサブランカ。晶が着せてくれたぶかぶかの上着が、太腿に擦れる感触。まだ銃を構えたまま、叶を睨み下ろしている晶。

そしてたった一人の存在だけが鮮やかだった。

叶が真っ直ぐに、佐智を見詰めている。この男から、佐智は逃げ出そうとしている。

この男が支配する狂った世界から、今、解き放たれる。叶が作り上げた虚構の世界はもう、終わってしまうのだ。本物の晶が帰って来たのだから。

佐智は沢村佐智という人間に戻るのだ。

それなのに――「愛してる」。その言葉が何度となく耳に蘇《よみがえ》る。

叶が愛してるのは『晶』だと、佐智はちゃんと分かってる。

だけど、心を、体をこれほど痛め付けられても、どんなに叶の言動が歪んでいても、佐智は、自分の気持ちから逃れられない。

「愛してる」というあの言葉は、たとえ作り物だったとしても、佐智に向けられたものでなくても。佐智にとってはかけがえのない真実だった。叶のその言葉で、佐智はとても幸福な気持ちになった。

――神様さえ与えてくれなかった幸福を佐智に教えてくれたのは、叶だったのだ。

佐智は、久遠の手を振り払った。

「撃たないで！」

佐智は大階段を数歩、駆け上がった。晶と叶の真ん中に立ちはだかり、両手を広げる。

「叶さんを殺さないで！」

予想もしなかった事態なのだろう。晶はさすがに驚いた様子で、銃口を上向ける。佐智は四つん這いになってその足元に縋り付き、何とか銃を奪おうと手を伸ばした。

「危ない、触っちゃダメだ！」

「撃たないで！　お願い、叶さんは、……」

銃など怖くなかった。佐智は泣きじゃくって、無我夢中で晶にしがみついていた。

晶がどうして叶に銃を向けているか、知らない。恋人同士であったと聞かされていた二人の間に、本当はどんな複雑な出来事があったか、佐智には少しも想像できない。

ただ、晶がいない間、どれほど叶が晶を思っていたか。晶に、それを伝えたかった。

「叶さんは、晶さんのこと本当に好きなんです。ずっとずっと何回も、晶――晶って、俺を」

この異様に緊迫した場にはあまりにも相応《ふさわ》しくなかったが、佐智はその言葉を口にした。

「……愛してるって……」

「――」

「叶さんは、晶さんのこと愛してるって何回も言った……！　それは、それだけは本当なんです。だから、お願いだから…晶さんが、銃を向けるなんて、こと、やめて、…やめて下さい……っ！」

叶は、あなたにとても優しかった。とてもあなたのことを大切にしていた。叶の愛情がどれほど強いか、真摯《しんし》であるか、佐智は身をもって知っている。その愛情の対象が自分でありたいと、佐智は願っていた。

それが叶《かな》わないなら、せめて晶に伝えたい。

佐智が晶として与えられた記憶を全部花束にして、晶に手渡してあげたい。そうしたら、叶の気持ちもきっと晶に伝わる。何かすれ違ってしまっているらしい二人は、それで幸福になるに違いないのに。

その時、裸足《はだし》の足が絨毯を滑った。足元ががくんと下がる。あっと思う間もなく、階段から落下するのを感じる。

「――――危ない‼」

晶の叫び声が聞こえる。

頭に数回、硬い、強い衝撃があって、周囲は真っ暗になった。


水底から浮上するように、意識が戻った。

ぼんやりと周囲を見回す。そこは病室だった。

無機質な白いシーツに白い壁。色彩の乏しい、冷ややかな部屋だった。ただカーテンを開け放った窓はとても大きく、小春日和《こはるびより》の緑の豊かな中庭が見えた。

佐智がその眩《まぶ》しさに目を細めると、頬に視線を感じる。晶は窓の桟《さん》に腰を引っ掛けるようにして、腕組みをして立っていた。

「よかった。君、一日眠り続けてたんだよ。頭を強く打って……心配した。痛いところはないか？」

佐智はゆっくりと頷く。自分の身に何が起こってここにいるのか、佐智もちゃんと憶《おぼ》えていた。

佐智は、いつの間にか晶に見惚《みと》れていた。窓から差し込む日光は逆光になるが、その美貌《びぼう》はあまりにも際立っていた。琥珀色の髪が、天使の後輪のようだ。

なんて綺麗な人なんだろうかと佐智は溜息をついた。自分と似ている、と言われる人を綺麗と思うのは何となくおかしな話だが、やっぱり晶は綺麗だった。そして、敏捷《びんしょう》そうに引き締まった体から、精神のしなやかさと強靭《きょうじん》さが満ち溢れているのを感じた。

肌に触れると心地いいのに、手のひらではつかめない。夏の風のような気配がある。

この人を、心底妬ましいと思っていた自分が惨《みじ》めで恥ずかしい。到底、佐智が敵《かな》う人ではなかったのに。

「晶、さん」

「んー？」

「また、どこかに行っちゃうんですか？」

「うん。まあしばらく日本にはいるけど。いったん出国したらまたしばらく戻らないだろうな」

「……………叶さんの傍には、いてあげられないんですか？」

「どうして？」

晶は心底不思議そうだった。久遠から聞いたのか、佐智が叶からどんな仕打ちを受けていたか、すでに知っている様子だ。

それなのに、佐智は、晶に、叶を撃たないでと、あの大階段にいた時にもせがんだ。

銃を構えた晶が叶を本気で殺すつもりなのか確かめもせず、遮二無二《しゃにむに》晶に飛び付いた。今も心許《こころもと》なげに、叶の傍にいられないのかと尋ねている。それは確かに、晶ならずとも理解し難い言動かもしれない。

「君はどうして、俺にあいつの傍にいろって言ってる？　あいつには——本当に酷い目に遭わされたはずだ。警察に訴えたら、あいつは確実に逮捕される。それだけのことを君はされてるよ」

晶の口調は、無神経とは違った。

気遣っているからこそ、あえて素っ気なく色んな単語を口にする。優しくて強いから、さり気ない心配りが出来るのだ。

そんな晶の顔をじっと見詰めていると、彼は困り果てたような顔で首を傾ける。

「そんな顔させてごめん。俺の代わりに酷い目に遭わせたのに本当にごめん。だけどやっぱり、俺はあいつの傍にはもういられない」

「……どうしてですか？　だって、晶さんは叶さんと恋人同士だったたんでしょう」

「それは過去の話。俺はあいつをもう愛してないし、それにあいつは——あいつは俺を最初から愛してなかったから」

佐智は思わずベッドから起き上がった。一瞬、頭がずきんと痛む。見れば、階段を転がり落ちた時に擦《す》り剝《む》いたのか、腕や脹脛《ふくらはぎ》にも包帯が巻かれていた。

「こら、いきなり起き上がっちゃだめだよ。検査は済んでるけど一応安静にって言われてるんだから」

「俺は大丈夫です。そうじゃなくて――そんなことじゃなくて、叶さんは晶さんのこと、すごく好きです。俺のこと代わりに傍に置くくらい、晶さんのこと好きだったんです」

「……それは違う」

晶はきっぱりと否定した。それからしばらく、何かを逡巡《しゅんじゅん》するように沈黙していた。

窓の外の晴れ間を見て苦々しげに、やけに晴れてるな、と呟いた。

「君は、俺の代わりにされたわけじゃないんだ。叶はそんな単純なことで満足する奴じゃない。ごめんね、俺は今から酷いことを言うから。悲しかったら五秒後に忘れて」

そしていったん決めた以上はもう躊躇うことはなく、晶は真実を教えてくれる。

「報復、だったんだよ。あいつが君に酷い仕打ちをしたのは。俺への報復だった」

「……報復?」

「あいつから逃げた俺への報復。俺はね、一年前、数ヶ月の間、叶にあの屋敷に閉じ込められてたんだ」

仕事を介して知り合って、恋人としての甘い蜜月が過ぎて。

晶は半年ほど、叶の屋敷で暮らしていた。けれど、晶は恋人以前に人間として、叶に大変な欠落があることにすぐに気付いた。

叶が育った環境は少なからず特殊だった。叶の一族は、命を持たない美術品に入れ揚げ、争いの果てに息絶えた。小さな宝石が、絵画が、誰かの命が買えるほどの値段で売り買いされていく。そんな世界で幼い頃から生きて来た叶には、人間も「モノ」としてしか扱うことが出来ないという絶望的に救いようのない精神的な歪《ゆが》みがあったのだ。

気位の高い晶には、自由意志を奪われモノとして囲われることなど許容できない。また、風景画を好んで描く晶は、画家としての羽をもぎ取られたも同じだった。何度も逃亡を図ったが、叶の権力は絶大で晶はすぐに叶の下へ引き摺り戻された。

それでも一年前、久遠の協力を得てどうにか叶から逃げ出した。叶が付けた監視と久遠とともにスケッチ旅行に出、崖《がけ》から落ちて死んだかのように工作して姿を消したのだ。

「だけど、あいつは多分、そんな嘘を最初から見抜いてた。久遠が協力したことも、逃げた俺がどこにいるかもあいつが調べればすぐに分かっただろう。だけど、敢《あ》えて自分から捕まえには来なかった」

もっと効果的で、もっと惨い報復を思い付いたからだ。

「何の咎《とが》もない君を俺の代わりにすることで、俺を逃亡先から呼び戻す計画だったんだと思う。自分から帰って来て、もう逃げないって約束するように罠を仕掛けたんだ。お前のせいで、何の罪もない君みたいな子供が惨い目に遭ってる——実際に、久遠からそれを聞いた時には、俺はもうじっとしてられなかった」

久遠は、初めから叶の意図に気付いていたようだ。

けれど、叶の悪巧みを、しばらくは晶には連絡しなかった。相手は年端《としは》もいかない子供だ。一週間も待たなくても、もしかしたら叶は佐智に飽きて解放するかもしれない。しかし、久遠の希望的観測は見事に裏切られた。

叶の佐智への仕打ちは久遠の想像以上に惨かったのだ。

間近で佐智の憔悴《しょうすい》ぶりを見ていた久遠は、もう叶がすることを放置できずに、今度は佐智を逃がすために晶を日本へ呼び寄せた。晶は佐智と自分の自由を勝ち取るため、叶に凶器を向ける手段を取ったのだ。

佐智は呆然としていた。そんなからくりがあったなんて、思いもしなかった。

知らされていたより、遥かに複雑な事情だった。

ただ、似ているからとか、身代わりとか、そんなことではなかった。

そのことに、佐智は衝撃を受けている。佐智は晶の――代わりでさえなかった。逃げた晶への見せしめに、ただ壊されることだけを目的にした安っぽいおもちゃだった。

「俺があいつを愛してた時もあったよ。あいつの審美眼は信頼してたし、受け継いだものに甘えない仕事への厳しさも、尊敬してた。だけど、あいつの愛情は間違ってる。屋敷に閉じ込めて、贅沢させて、欲しいものは何でも与えて。だけど、自分の傍から離れることは許さない。独自の意志を持つことも許さない。それは、人に対する愛情としては間違ってる。あいつは、それを理解しようとしなかった。俺はそんなあいつを受け入れてやれるほど、慈悲深くなれなかった。叶も分かってるはずだ。俺はあいつのことは、もう愛せない」

もう愛せない。その言葉は、思っていた以上に佐智の胸を強く揺さぶった。

気が付けば、佐智は泣き出していた。

はらはらと涙を零す佐智に、晶は困り顔で近付いて右手を取った。肌の温《ぬく》もりの心地よさを知っている。絶妙のタイミングの、上手なスキンシップだった。

「ごめん、嫌な話だったよな、これ以上嫌な思いしたくないよな。でも君は、もう叶から逃げ出せたんだ。泣かなくていい。俺も、久遠もどんなことをしてでも君を巻き込んだ償《つぐな》いはさせてもらう」

「……ちがう……っ」

「だから、もう君は叶のことを忘れるんだ」

ちがう、ちがう。

叶が晶を愛してないと言うなら、だったら、どうして叶は佐智にあれほど優しくしてくれたのだろう。本当に佐智を壊すことを目的にしていただけなら、最初からただ虐待するだけでよかったはずだ。佐智を壊すことなど、叶には造作もないはずだ。

叶は、あんなに「愛してる」と言ったのに。狂おしいほど強い愛情で、佐智にお門違いの恋心を抱かせるくらいに。

その時、扉が開いて、白衣を着た久遠が入って来る。

「おい、晶。怪我人をあまりしゃべらせるな。頭を打ってるんだ、安静が第一だ」

「何だよお前、医者みたいな格好して」

「医者なんだよ。この病院のな」

久遠は面白くなさそうに言い捨てる。叶と晶の関係は複雑だが、久遠と晶はごく単純に友人同士であるようだ。晶の逃亡を助けたというなら、久遠は友人として、晶のことをとても大事に思っているのだろう。

久遠は佐智の顔色を確認し、何度か頷く。

「気分は？　痛むところはないな？」

「あ……おでこが少し」

「それは中身の問題じゃない。額を派手に擦り剝いてるからだ」

ガーゼが貼られた額に手をやる佐智の仕草に、いつもは無表情な久遠の瞳にも、優しい気配が見え隠れしている。

「検査の結果、異常はないけど、もう一日入院しなさい。問題なければ、明日には退院していい。それからこれを」

紙袋に入った、小さな荷物を無造作に手渡される。晶は警戒心たっぷりに、白衣の久遠を睨んだ。

「……それは？」

「叶からだ。この子に渡すよう言付《ことづ》かった。いらなければ、捨てても構わない」

大きさの割に意外に軽い。からん、と空虚な音が聞こえて、その中に何が入っているのか、佐智はすぐに悟った。

「風鈴？」

思った通りだった。包みから出て来たのは金魚の風鈴だ。

オークションの夜に叶が贈ってくれた、あの風鈴だった。しかし晶は声を尖らせる。

「そんなものでご機嫌取りか？　馬鹿馬鹿しい、窓から捨てちまえ。壊しちゃえよ、あいつが送って来たものなんか」

「………晶さん」

佐智は風鈴に目を落としたまま、晶に尋ねた。

「怒った時、頬《ほ》っぺたを膨らませたりしますか？」

「え？」

「拗《す》ねて、この金魚みたいに頬っぺたをぷうって」

傍にいた久遠が肩を竦める。

「こいつがそんな可愛い仕草をするもんか。怒ったら先に手が出るタイプだ」

「悪かったな」

晶は本気で怒ったように眉を顰めた。

そして久遠は、この風鈴に纏《まつ》わる些細《ささい》な叶の言葉をもう忘れてしまっているのかもしれない。叶はこの風鈴を佐智に贈ってくれた時、こう言ったのだ。

――――君に似てると思ったから。

やがて久遠と晶は、佐智を休ませるため、病室を出て行く。

「ゆっくりお休み」

晶は祝福のようなキスをくれる。佐智は静かな病室に一人になった。

佐智には、晶に明かしていない秘密がある。

あの大階段で、晶が叶に突き付けた銃についてだ。あの銃に、弾は込められていなかった。

書庫で、佐智があの銃を弄んでいるのを見た叶が、危ないからといったん銃を取り上げて、弾を全部抜いてしまったからだ。

銃は、もう凶器としての意味はなかった。それなのに、叶は黙って晶の脅しを受け入れ、去って行く佐智を止めはしなかった。晶が帰って来たからもう佐智は必要ないと思ったのかもしれない。

叶はまだ、強く、強く晶を求めているのかもしれない。

晶はまた日本を出て行くと言ったけど、もう叶を愛していないと言ったけど、叶に強く懇願されたらどうするだろう。もしも叶が、自分の間違いを認めて懺悔したら。そうすれば、晶もまた叶を受け入れるかもしれない。

そうしたら、佐智はもういらない。

いらなくなったおもちゃを、叶は窓から放り出したのだ。この金魚も、邪魔だから持って帰れという、それだけの意図しかないかもしれない。

そう思うのに、気が付けば佐智はベッドを降りていた。

頭に怪我をして、手足に包帯を巻き、以前よりいっそう体重を落とした佐智の姿は、鏡を見るまでもなくとても酷い有様になっているだろう。純潔も失って、ぼろぼろで汚い、厭わしい存在になっている。

それは過去、佐智が最も恐れていたことだ。

綺麗じゃなきゃ、神様には愛してもらえない。ずっとそう思ってた。

無理をしてでも、清く正しくあり続けようとした佐智はとても強欲で、そして強欲でいると人は罰を受ける。今、汚れた体を悔い改めようともせず、どんなに間違った愛情でも欲しいと思う自分は、傍《はた》から見れば物欲しげで、みっともなくて――いずれもっともっと手酷い罰を受けるかもしれない。

だけど、たった一つ、佐智には手に入れた真実があった。

佐智のこの指は、ただいつか与えられる幸福を待って十字を切るためのものじゃない。

シーツの上に転がっていた赤い金魚を手に取ると、佐智はそっと病室を出た。

「見ろよ久遠」

病棟の廊下を歩く晶は、窓の傍でふと足を止めた。口元に微笑を浮かべている。

久遠がそちらを見やると、頭に包帯を巻いた小さな人影が、中庭を突っ切って出口を目指している。

「あーあ。ちっこいのに一生懸命走っちゃって。可愛いなあ」

「何をやってるんだあの子は……！　頭を打ってるって言ってあるのに」

「異常はなかったんだろ、走れるならもう平気だよ」

晶は平然としている。この男はいつだってそうだ。晶にかかれば世の中のたいていの事件は「平気」「大したことない」なのだ。自分が逃亡した後、その後は一切叶を振り返らなかったのがいい例だ。いい加減で大雑把《おおざっぱ》。佐智とは本当に正反対だ。

「いったい、どこに行くつもりなんだ…あの子には、今、帰る場所なんてないはずだ」

「決まってるさ。屋敷に戻って言いに行くんだろ、叶に好きだって」

久遠は怪訝《けげん》に問い返した。

「何だって？」

「認めたくないけど、出来ればあの子自身も気付いてなければいいと思ったけど………あの子、叶が好きなんだよ」

「何を言ってるんだ、お前は」

久遠は呆れたように溜息を吐いた。どうして自分はこうも常識人なんだろう。この暢気《のんき》な友人の戯言《たわごと》に、一応なりとも耳を貸そうというのだから。

「叶があの子にどんな無茶をしたか、もう話しただろう」

「それでもあの子は叶に惹かれてる。大階段にいたあの時、あの子は、あんな状況で他の何も見てなかった。憐憫《れんびん》と、恋しさいっぱいの目で叶を見てた。叶さんを撃たないで――なんて、必死で。そそったな、あのぺったんこの胸と細い足。ヴァージンじゃないなんて到底思えない」

晶のあけすけな口調に憮然とする久遠も、確かにあの大階段で、叶を庇った佐智の行動を見ていた。

あれは久遠にも、そして恐らく叶にも信じ難いものだっただろう。神様の傍で生きて来た佐智がとても純真な子供であったことを、久遠も叶も知ってはいたが、あの子の純真さはもうとうに、叶に奪われ尽くしてしまっているはずだと思っていた。

けれどあの子は、最後の慈悲深さをもって叶を庇ったのだ。

しかも晶に、叶の愛情を受け入れてやって欲しいと懇願さえしていた。誰かが他人のためにそれほどの自己犠牲を払う理由を、久遠も確かに一つしか知らない。

「…………本当に愛してるっていうのか、あいつを」

「俺よりずっと人間が出来てるんだろうな。どんなに酷い目に遭わされても、最後のところで性善説を信じ切ってるんだ」

「だけど、俺は叶があの子を受け入れるなんて到底思えないぞ」

「俺だって思えないよ。あのクソバカ美術商が、今更あの子に愛されて、人間としての感情に目覚めるなんてぞっとしないね。だけど、あの子の綺麗な気持ちが報われるといいなとは、思う」

晶は、自分によく似た顔立ちの子供をとても気に入っているらしい。画家である晶の審美眼は実に確かなものだ。あの子の一生懸命で綺麗な心を、もう見抜いているのだ。

久遠は白衣のポケットに手を入れ、窓に凭《もた》れる。

あの子が、通常の人間より遥かに愛情深いのは、神様の近くで生きて来たからなのだろうか。

しなやかさと我慢強さをもって、ただ幸福を待ち侘《わ》びる生活に耐えて来たから。だからあの叶でさえ、愛することが出来るのだろうか。

だったら皮肉な話だ。

そう言うと、神様などまるきり信じていない晶は肩を竦めた。

「最初からこの世界に神様なんかいないのさ。幸福になるために必要なのはいつだって自分の力だ。神様に祈る姿は、いつだって諦《あきら》めに見える。努力したってきっと手に入らない。そんな風に嘆いて座り込んでるようにしか、俺には見えない」

膝を折って、うな垂れているだけでは決して幸福にはなれない。

窓を開け放つと、晶は冷たい風を潔く受ける。小さな小さな人影は、もうどこにも見えなくなっていた。

「叶にモノに対する愛情だけじゃなくて…人を愛することを教えられたとしたら、それは神様じゃない。あの子自身の力だ」


叶の屋敷は、何もなかったかのように静まり返っていた。

玄関ホールを抜け、大階段の前を通り過ぎ、ふらふらと長い長い廊下を歩く。叶の仕事部屋へ向かう回廊から庭を覗くと、薔薇が冴《さ》え冴《ざ》えと澄んだ冬の空気に、誇らしく咲き誇っていた。

「ただいま」

こんな重大な場面で、佐智の唇を突いて出たのはそんなありきたりな言葉だった。

佐智は叶の仕事部屋の扉を押し開き、そっと顔を覗かせる。真正面にある大窓から溢れる光が眩しい。中に入って、まるでしばらく休暇を貰っていた使用人のように深々と頭を下げた。

「今、病院から帰りました。あの、なんか検査とかいろいろあって、時間がかかって」

仕事の最中で、秘書と打ち合わせをしていた叶は、佐智の帰還に驚いた顔はしなかった。秘書を退かせると、席に着いたまま書類を一枚手に取る。

階段から勝手に転がり落ち、包帯だらけになった佐智の有様は、もう叶が視界に入れたいものではないのだろう。そして、本物の品に再会してみれば本当に貧相でみすぼらしい子供である佐智のことには、もう何の興味もないのかもしれない。

叶は書類から顔を上げないまま、静かに問い掛けた。

「病院を、抜け出して来たのか？」

「……はい」

「ここに戻る必要はもうない。君の面倒は、久遠に頼んである。教会にはもう帰れないだろうから、一人暮らしが出来るマンションを探してある。もちろん今まで通り学校にも通える。君が成人して、大学を卒業するまで十分な援助をさせてもらう。あらゆる償いをさせてもらうつもりだ」

叶は淀みなく、そう言った。仕事そのものの口調だった。

佐智は緊張のあまり呼吸を乱して、扉の前に立ち尽くす。

「それで手を打ってくれないか。他に必要なものがあれば、すぐに用意させる」

「………」

「病院に帰りなさい。タクシーを呼ばせよう」

「イヤ。帰らない」

「帰りなさい」

「帰らない」

頑《かたく》なな佐智に、叶は溜息をつくと書類を放り出す。席を立つと、乱暴に佐智の左手を引いた。執事を呼んで、佐智の身柄を渡すつもりなのだ。

「放して！　帰らないったら‼」

佐智は必死に手をばたつかせ、叫んだ。

「絶対に帰らない……叶さんが好き」

手首をつかむ力が緩む。叶は唖然《あぜん》とした顔で佐智を見下ろしていた。叶が驚いた顔を、初めて見た気がする。

「俺じゃ駄目ですか」

佐智は叶を一心に見上げる。一歩退き、もう叶に捕まえられないように扉に背をぴたりとつけ、だけど全身全霊で訴えた。

「あ、晶さんみたいに綺麗じゃないし、美術のことも分かんない、だけど、だけど、俺じゃ駄目ですか？　沢村佐智だったら、叶さんの傍には置いてくれませんか？」

「……何を言ってるんだ、君は」

「これ」

佐智は病室から大事に大事に持って来た金魚の風鈴を差し出した。叶が、わざわざ久遠に託して届けてくれた風鈴だ。

赤い硝子は佐智の小さな希望の灯火《ともしび》だった。

「買ってくれた時、俺のためにって言ってくれたでしょう。この金魚、晶さんはこんな顔はしない。叶さんは、俺に似てるんだって、そう言って買ってくれたでしょう？」

たとえほんのわずかであったとしても、佐智を、晶としてじゃない。沢村佐智として見てくれた瞬間があったでしょう？

佐智はそんな風に、必死で訴えた。しかし、叶の態度は変わらない。端正な横顔を見せたまま、冷たく佐智を突き放す。

「そんなもの、ただの気紛れだ。大した意味はない」

佐智は他愛なく狼狽《ろうばい》した。叶が佐智を容易に受け入れてくれないことは予想していたけれど、実際目の前で冷淡に振る舞われると、なけなしの勇気がしおしおと萎えていく。

気持ちは胸いっぱいに溢れ出ているのに、言葉にはならない。

激情は、決して上手く言葉にはならない。だから涙が出るのだ。一刻も早く、この気持ちを伝えたくて。

佐智は涙がいっぱい溜まった目で、叶を見上げた。

「沢村佐智はいらないんだったら、だったら——俺、明日から絵を描くから」

突拍子《とっぴょうし》もない佐智の言葉に、叶は怪訝そうな顔で眉を顰める。

「絵を描きます。いっぱい描くから。上手には描けないだろうけど、格好だけでも、晶さんみたいになるから」

晶はどんな風に話していただろうか。どんな風に振る舞っていただろうか。

もっと自信たっぷりに、ぞんざいに。皮肉っぽく目を眇め、冷笑を浮かべて。

だけど佐智には到底そんなことは出来ない。晶のような画才もない。それでもまずは格好からでもいい。キャンバスに向かって絵筆を持って。そうやってこれから少しでも、本物の晶に近付くのだ。

そしていつか、本当に晶そっくりになることが出来たら、そうしたら、もしかしたら、ずっとここに、叶の傍にいられるかもしれない。

「下手で、叶さんは笑うかもしれないけど、晶さんが描いてたなら俺も描きたい。道具は、執事さんにそろえてもらいます。俺が絵を描いたら、ちゃんと見て欲しい。絵も、俺のことも」

ぽろぽろと涙が零れる。透明な雫を拭うことも忘れて、佐智は必死で訴えた。

「叶さんが、好き」

「――――」

「お願いです。好きって、あと何百回言ったら信じてもらえますか？　もう俺は、俺のことなんかいらないです。全部、叶さんにあげる。ちゃんと晶さんみたいになる努力もするから。絵を何枚描いたら、俺のことを晶さんだと思ってくれますか？」

佐智は恐る恐る、叶のシャツの袖を握った。じかに触れて、また突き放されるのは怖かった。

けれど、今度は叶はこちらを見てくれさえもしない。強張ったような顔で目を逸らしているから、佐智はいっそう焦燥と恋しさを募らせる。

「お願いです。もういらないって言わないで。ここから出て行けって言わないで」

「もういい……」

苦渋に満ちた声で、晶、と言いかけて、叶はいったん口を噤《つぐ》む。

「佐智――もういい。俺の負けだ」

そうして、ようやくこちらを見た。漆黒の瞳。美しい彼の瞳には、ここへ来て己《おのれ》の敗北を認める潔さが表れていた。

「絵なんか描かなくていい。君に――沢村佐智に惹かれてることを、告白する」

佐智は幻聴を聞いているように、呆然と男を見上げる。無防備な頰を、涙の雫が、ぽたりとまた零れ落ちた。その無垢《むく》な様子に、叶は切なげに眉根を寄せた。

「晶じゃない。君のことを、愛し始めてる」

確かに、叶は晶に執着していた。

美しく、怖いもの知らずで平気で叶に反抗する晶は、叶にとっては傍になくてはならない愛玩具のような存在だった。美術品に囲まれ、普段は他人に傅《かしず》かれる叶にとって、晶は人間の生気を感じさせる滅多とない存在だったのだ。

だが、自我が強く放埓《ほうらつ》な晶は叶の独占欲の強さを決して受け入れなかった。晶が叶の元から逃亡した時、叶はすぐにその企みに気付いた。しかし、そう焦りも憤りもしなかった。晶を連れ戻すことも、ゲームとして叶を楽しませたからだ。晶が策略を使って自分を拒むなら、自分はその何十倍もの悪辣な手段をもって報復してやる。

しかし、そのための道具である佐智と生活をともにし、叶の計画は狂い始めた。

外見こそ晶によく似た佐智は、晶とは正反対の内面を持っていた。慈悲深く、独占欲ごと叶を受け入れたからだ。

「もしかしたら初めて一緒に朝食を食べた時からかもしれない。オークションの会場で金魚の風鈴を見かけた時からかもしれない。いつから君を愛し始めたかは分からない。だけど、約束の一週間が過ぎてそれでも俺が、君をこの屋敷に閉じ込めようとしたのは君が晶に似てるからじゃない」

叶は目を伏せ、かすかに自嘲した。ドラマチックな瞬間があったわけではない。ただ単純に、佐智の膨れっ面を可愛いと思い始めたのだ。神様を信じ、いつか幸せになれるんだと信じている子供は、大人の巧緻《こうち》に惑わされ、それでも清くあろうとし続けた。叶が知らないひたむきさを持っていた。

叶の愛してる、という甘い響きは、いつしか佐智を騙すためのものから本当の愛を告げる言葉へと変わっていった。そして、佐智はそんな叶の愛情に、呼応したのだ。

しかし叶はそれを黙殺した。晶を捕まえる残酷なゲームを続行し、佐智を苦しめ続けた。

「自分が、人間めいた感情に目覚めたのを認めるのが怖かった。俺には、その示し方さえろくに分からなかったから」

「………」

「君のことも、めちゃくちゃに壊してでも、どんなに汚くなってもただ傍に置くことしか頭になかった。もしも君が壊れてしまっても、俺は別に構わなかった。むしろ好都合だったかもしれない。壊れてしまえば、晶みたいに俺から逃げることもない」

そんな深い愛情を示してくれながら、だけど、今、叶は佐智を抱き締めてはくれなかった。

疲れたような顔で、スーツの内ポケットを探る。そこから叶が取り出したのは、佐智に見覚えのある、銀の十字架だった。

「君の十字架だ。返しておくよ」

この屋敷に来た初日に取り上げられた十字架が、差し出される。それは佐智が叶の手を逃れ、神様がいる外の世界へ戻るための鍵であるはずだった。

だけど叶は、佐智に惹かれていると、今言ってくれたはずの叶は、佐智に十字架を手に取れと言う。

揺れる銀色を挟み、二人はしばらく見詰め合っていた。

佐智は混乱していた。帰らなきゃいけないの？　やっぱり、叶は佐智のことなどいらないんだろうか？

晶じゃない。今、佐智に惹かれていると言ってくれたのに？

「君は神様のところに帰りなさい」

黒い瞳は、誠実そのものの穏やかな光を湛《たた》えている。大きな手のひらが、迷子の子供にするように佐智の後頭部を撫でる。

「すまなかった。晶が言った通りだ。俺は子供の頃からずっとモノばかりを見てきた。人間よりモノに価値がある世界で過ごして来たから、根本的に人に対する愛情表現が間違っていた。多分、自分で考えてる以上の罪を犯してるはずだ。俺には人を愛する資格がない。君はそれに、気付いてない」

佐智は震える指で十字架を手に取る。久々に触れるそれは記憶にあるより遥かにひんやりと、冷たかった。

「神様のところに帰りなさい。君はきっと、この先うんと幸せになれるよ。君は誰よりも綺麗で優しい。誰よりも幸せになれる」

「…………」

「ここであったことも、全部忘れるんだ。そのためなら、俺はどんな援助でもする。この屋敷ごと、金に換えて君に渡してもいい」

「いやです…忘れるなんて出来ない。お金なんかいらない」

佐智は思い切って、叶に抱き付いた。

「俺は、叶さんの傍にいて幸せだったもん」

男の硬い胸板が、ちょうど佐智の頬に触れる。高価なスーツを涙と鼻水で汚してはいけないと思ったけど、力を抜けば振り切られると思った。

だからますます腕に力を入れ、佐智は泣きじゃくりながら叶にしがみついた。

「叶さんに、愛してるって言われても、それが自分のものなんじゃないって分かってても胸がどきどきした。叶さんの幸せそうな顔を見てたら俺も幸せだった。叶さんが間違ってるなら俺だって間違ってる。でももういい。叶さんが好き。ここにしかいたくない」

真っ白く清らかな神様よりも、この美しくも悪魔のような狂気を持つ男を選び取る。叶を愛すること。それが罪なら、もう神様なんていらない。

「……十字架なんかもういらない……！」

精一杯の気持ちを込めて叫んだ瞬間、佐智は体を奪われた。

大人の男が床に膝をつき、小さな佐智の体に取り縋るようにして、佐智を抱き締めている。

まるで激しい衝動を堪える少年の愛情表現だ。佐智はただびっくりして、息を飲んでいた。

「……かのうさ……」

それから恐る恐る、胸の辺りにある男の髪に触れてみる。

「唯臣……」

愛しい男の名前を呼んだこの瞬間、佐智は自らの心の純潔を手放した。もう神様の御許へは行けない。

叶と一緒に堕《お》ちて行く。天国に逝《い》った家族にはもう会えないかもしれない。神様に捧げた何千回もの祈りもすべて無駄になる。だけど佐智は今、自分を抱き締めてくれる腕の熱さだけを信じていた。他には、もう何も欲しくない。

「………んん」

熱い口付けを受け、見詰め合って。唇を濡らしたまま、佐智は沢村佐智として、初めて我儘を口にした。

名前を呼んで。

「名前を呼んで。俺の名前を、もう一回、呼んで下さい」

泣き濡れた顔でせがむと、心から愛しそうに、幸福そうに。彼は佐智の名を呼んでくれた。

「佐智」

「…………」

「……佐智」

愛してる。ようやく、その言葉が佐智のものになったのだ。


諍《いさか》いのあった大階段を、佐智を抱き上げた叶がゆっくりと上っていく。

鮮やかな紅《あか》い絨毯は何だか結婚式めいていていて、恥ずかしいから下ろしてと佐智は暴れたが、叶は笑って許してくれない。

それどころか、器用に佐智の頬にキスして、こんなことを言い始めた。

「指輪の石はもちろんピンクダイヤモンドにしよう」

「……指輪？」

「結婚指輪だ。世界一の職人に頼んでとびきりのを作らせる」

そんなのいらないとぎゃあぎゃあ抗議して、佐智はやがて叶の寝室の広いベッドの上に横たえられた。手足に包帯を巻いているのが痛々しいのか、扱いは限りなく丁寧だ。けれど頭を打っているので、久遠に電話してセックスの可否をわざわざ確認までしてくれるのにはちょっと閉口してしまう。

それからもう二時間以上。気恥ずかしさに最初は少し不貞腐れていた佐智は、その罰としてもうずっと、ただ一方的に鳴かされている。

「やあぁぁ、ん………っ！」

唇と指で性器を愛されて、立て続けの、六度目の射精を迎えた。幸福感で気持ちが高揚しているせいか、いつもより体はもっともっと敏感になっている。花柄のシーツは方々に白い飛沫《しぶき》が飛んでもうびしょびしょだ。天蓋に覆われたベッドの周囲には佐智の汗と吐息でしっとりと湿った空気が漂う。

「あっん、……あん……」

佐智は半泣きになって、ずっと開きっ放しになっている下肢をぶるぶる震わせた。ぺたんと薄い胸は壊れそうなほど激しく上下している。

絶頂の余韻に体を震わせる佐智に息つく間も与えてくれず、射精したばかりで、もう疲れた、と「おねむ」している性器に、叶はまた舌を這わせる。

「ああ……っ、も、ダメ、ダメだから……！」

これ以上、そこはいじめないで。まだ皮で守られているべき先端をずっと剥き出しにされて、舌先や指の腹で撫で回されて、もう痛いくらい感じ切ってしまっているのだ。

それに、佐智には、今、もっともっと弄って欲しい場所があると叶には分かっているはずなのに。

「ただおみ、……っ！」

叶さん、と呼ぶと、うんと叱られて意地悪されるから。おずおずと彼の名前を呼びながら、佐智は堪えきれず、少しだけ自ら足を開いた。立て続けに射精させられているにもかかわらず、解された窄まりを、叶はまだ一度も満たしてくれない。

ジェルや唾液でもうそこはふやけ切ってとろとろになっているのに、二本の指を根元まで埋め込んだ窄まりを、単調に、ゆっくりと、回されるばかりなのだ。

「はぁ……っ、あああ……！」

堪え性のない佐智は幼さいっぱいの仕草で腰を振って叶を誘う。それも黙殺されると、もうお願い、と自分の窄まりに指を伸ばして、押し開けられている濡れた輪をそっと撫でた。

「うん、ん……」

拙《つたな》い自分の指先のくすぐったいような感触に、きゅうっと、足指がまるまってしまう。叶は佐智の蕾に顔を近付けて、悪戯は邪魔しないように、結婚指輪をはめる指に優しくキスしてくれた。

「あっん……」

「悪い子だ。自分でこんなおいたして」

「だって、だって俺もう唯臣に…………」

佐智は真っ赤になる。その続きの言葉を唾液とともにこくんと飲み下した。

きっと、叶の好みはやっぱり、晶みたいに奔放《ほんぽう》な大人なのだと思う。叶を煽り立てさえする猥りがわしさを持っていなくてはならないと思うけど、すぐにはそんな風にはなれない。

叶は意地悪く、止まらない佐智の指の動きを目で追っている。熱い視線を感じて、死ぬほど恥ずかしいのに、このままじゃこんな指の自慰だけでいってしまいそうになる。

「ん、んんっ」

もう堪え切れず、佐智はついに口にしてしまう。

「唯臣にして欲しいよ………っ」

叶は体をずらし、真正面から佐智を見下ろす。汗まみれの体を抱き竦められ、下腹の辺りに、男の欲望をはっきりと感じた。

「……本当にいいんだな」

「いい……」

佐智は小さく、だけどはっきりと答えた。

それが、今、何よりの佐智の望みだった。

「俺を、ちゃんと唯臣のに、して………っ」

「佐智………」

素直で可愛い佐智の応えに、叶は幸福そうな笑顔を零す。

「やっぱり、魔法を使ってるのはお前だった」

入口に、叶の先端が押し付けられる。何度か焦《じ》らすように擦り付けられて、早く、早く、とせがむように、窄まりがはしたなく収斂《しゅうれん》し、叶を取り込もうとしている。

「……お前の名前を呼んで、お前が俺を見る…、俺はただ、それだけで幸せになる」

その瞬間、ようやく望む通りの衝撃が与えられた。

「あああっ……」

体が大きく仰け反り、汗が飛び散る。筋が走った足がかくん、かくん、と頼りなく空を蹴る。

「ん、ただおみ………っ、もっと…………！」

もっといっぱい入れて、と拙く男を誘いながら、逞《たくま》しい腰に足を回した。脹脛に巻いていた包帯が緩んで、ゆらゆらと揺れている。

「………いい子だ、ちゃんと一番奥まで飲み込んでる」

それは、さっき叶に窄まりをたっぷりと舐められたからだ。

横になった叶の顔を跨《また》がらされて、舌で濡らされ、指を丁寧に抜き差しされた。性器がはちきれそうになって、それでもずっと焦らした方が、佐智のここは潤んでいくからとなかなかいかせてもらえなくて――

佐智が泣き出してしまうまで、挿入してくれなかった、叶の意図がやっとわかった。心を通わせ合った叶と行う初めてのセックスで、ぎりぎりまで佐智が感じるように。幸福になるように。叶は優しく配慮してくれたのだ。

「唯臣……ん……」

叶の汗が胸に滴り落ちた。

髪をかすかに乱し、汗に塗れて、男は熱っぽく吐息する。いつもの冷徹な美術商の顔を脱ぎ捨て、最愛の恋人を抱く男の顔をしている。

佐智は今、凶暴で、強烈な愛情を身をもって教えられている。

「ふか、い……、あぁ……っ」

再び一番奥まで貫かれ、その衝撃に佐智は汗まみれの体を震わせた。

叶は涙が溜まった佐智の睫に、優しく口付けてくれる。

「気持ちいいか……?」

「うん、……」

素直に答えかけて、佐智は羞恥に指を食《は》んだ。だけど、体内に埋め込まれた男の熱は、佐智の官能をたまらなく疼《うず》かせる。

もう一度、いいのか? と尋ねられると、甘いおねだりの言葉を我慢出来ない。

「うん、いい……もっと、してほしい……」

子供っぽい、舌足らずの言葉に叶は微笑し、佐智の細い腰をつかみ直した。佐智の薄い背中がシーツと擦れ合う。腰を高々と掲げられ、一番結合が深くなる姿勢で、佐智が大好きな凝りを可愛がり始める。

「………ああっ！　あぁぁ！」

叶の男根の硬い括《くび》れ。そこで、官能の突起を小突かれる度に、佐智は気持ちいい、とはしたなく声を上げ続ける。

「唯臣、唯臣……っ」

佐智は必死で叶の名前を呼んで、彼の背中に爪を立てた。

愛を交わす行為はふしだらで、際限がなく、佐智を溺れさせる。

やっと気付いた。セックスは、人に己を失わせる。絶対的な幸福の前に、神様への信仰は霧散する。

――――この地上に御国の来たらんことを。天国を渇仰《かつごう》するその祈りは消えてなくなる。だから禁忌とされていたのだ。

「だめ、だめ……っ、も、………！」

強く突き上げられて、泣き声を漏らした佐智を、叶が強く強く抱き締める。

絶頂の瞬間は同時だった。同時に同じ高みへ行けるよう、叶がちゃんとタイミングを合わせてくれたのだ。

佐智の中の、快楽の芽にたっぷりと叶の欲望が叩き付けられる。一方、佐智の空っぽの精《せい》嚢《のう》からは一滴も精液は漏れず、乾いた絶頂の凄まじさに佐智は泣きながら、長く長く痙攣してしまった。

やがてそれが収まり、佐智は小さく鼻をすすって恋人の胸に頬をすり寄せた。

強い心臓の音が、耳に響く。その音が愛しくて、涙が零れた。

「……愛してる」

大きな手のひらが、佐智の両頬を包み込んだ。汗に塗れた体を重ね合わせ、二人は見詰め合う。

頬を流れる透明な雫を舐め取って、叶は優しく囁いた。

「愛してる、佐智」

そして強く抱き締められる。

愛しい人が自分の名前を呼ぶ。愛しい人の瞳に、自分が映っている。

愛し愛されているという喜びに、胸が戦慄《わなな》く。これ以上の幸福などない。

きっと佐智はもう、十字架を手にすることも、神様に祈りの言葉を捧げることもない。

ここがようやく辿り着いた楽園。

神様さえいない、二人だけの聖域だった。

Un petit cadeau

「叶《かのう》が好きな食べ物、ねえ」

晶《あきら》はスケッチブックから目を離さないまま、そう言った。

「そう言えば何なんだろう。俺もよく知らないんだよな、あいつとあんまりそういう話したことないし」

晶から三メートルほど離れた場所に置かれた長椅子《ながいす》に、佐智《さち》は座っている。白い絹のシャツ一枚という姿で、剝《む》き出しの足を伸ばしているのは、その姿勢の佐智をスケッチしたいから、と晶から指示があったからだ。

この日の午後、晶と佐智は叶邸の居間にいる。

もうじき叶の誕生日だ。誕生日といえば、もちろんプレゼントだ。佐智は叶から金を持たされていないので、プレゼントを買うことは出来ないが、料理だったら厨房の料理人たちと一緒に作らせて貰《もら》える。だから叶の好物が知りたい、そう晶に頼んだ。

そうしたら晶は、教えるのは構わないけれど、代わりにスケッチのモデルになって欲しいと言ったのだ。

「佐智ちゃんが作るものだったら何でも喜んで食べそうだけどな。誕生日に恋人の手料理なんて、最高の贅沢《ぜいたく》だと思うけど」

「そんなことないです。叶さんに喜んでもらえる料理なんて、本当に何を作ったらいいのか分からなくて。だって叶さんは、毎週末、俺を色んなお店に連れて行ってくれるんです」

仕事で多忙な叶と平日に食事を一緒にするのはたいそう難しい。その詫《わ》びだと言って、叶は休日にはたいてい佐智を外食に連れ出す。それも毎週違う豪華な衣装を着せ、毎週違う店へ向かう。

先週は隠れ家風のフレンチレストランへ出掛けた。そう気取りのない店だと叶は言ったが、並べられた料理は美食に慣れて来た佐智にも頰《ほお》が落ちるほど美味だった。

「そのお店が、いつものすごく美味《おい》しくて。叶さんってきっと、今まで美味しい物しか食べてないんじゃないかと思うんです」

「美味《うま》いものしか食ってないから、不味《まず》いものを食ったことがない。仕事柄、美食家でいるのは正しいかもしれないけど、特別な好物なんかないだけなのかもな」

そう言いながら、さらさらと鉛筆を動かし、スケッチを続ける。こちらに向けられる瞳は、佐智と同じく色素が淡い。ガラスみたいに透明で、澄んでいる。

「あいつは色んな国の色んな場所に行ってる。その土地の美味いレストランとか、まあ呆《あき》れるくらいよく知ってるよ。もっとも、本当に美味いと思って食べてるのかは知らないけどね。せっかくの美食も、美術品の遣《や》り取りをするための交渉の手段に過ぎないだろうから」

晶の毒舌は今日も冴《さ》えている。どうしてこの人がここにいるのか、佐智は今一つよく分からない。叶に囚《とら》われていた佐智を救うためこの屋敷に乗り込んで、銀の銃で叶を脅して——けれど佐智は、叶の傍《そば》にいることに決めた。誰に命じられたのでもなく、自分を犠牲にするつもりもない。叶の傍にいたいと、佐智自身が思ったのだ。

だから、本当ならもう晶も自由になっていいはずなのだ。叶が佐智を傷付けるようなことはもう決してないのだから。晶は自由を好む彼の気質のそのままに、気ままに好きな場所に出掛け、絵を描き続けることが出来る。

だが、晶はこの屋敷に滞在を続けている。

「叶が本当に心を入れ替えたか見届けないと気が済まない」

そんな風に言っている。屋敷の一室を自分の部屋と決め、そこで生活している。正午に起きて、佐智に構って絵を描いて、夜は時折外出して酒を飲んで朝方に帰って来る。気ままな毎日だ。

叶と、元恋人の晶と、今の恋人である佐智と、時々久遠《くどう》もこの家に訪れる。どうにも複雑な状況だし、自分が思う通り、好き勝手に毎日を送る晶の傍にいると、自分は何てつまらない人間なんだろうかと劣等感を覚える。だが、佐智は単純に晶がいることが嬉《うれ》しい。

色んなことを聞きたいし、何より、晶と話していると佐智もとても楽しい。晶は快活で、話し上手だ。叶と同じく、晶も世界の色んな場所を回っている。彼の話を聞いていると、佐智も世界中を旅しているような気持ちになれる。

時には昔のスケッチブックやキャンバスを取り出して、晶が描いた絵の思い出を話してくれる。中には晶と叶が二人で出掛けた旅先でのものもある。普段、晶は叶に辛辣《しんらつ》な口を利いてはいるが、恋人同士という間柄であった間には、もちろん甘やかな時間を過ごした頃があったのだろう。それを聞いていても、嫉妬《しっと》、という感情は、不思議なことに少しも感じなかった。佐智は晶のことが好きだ。

「佐智ちゃんも色んなところに行けばいいんだよ。何もこんなところに囚われてなくてもさ」

晶はそんな風に言ってくれるけれど、佐智は今すぐにそうしてみたいとはどうしてか思わない。叶の傍から、離れたいと思えないからだ。

何かに体も心も囚われている。それは不健全な状況なのかもしれない。けれどそれは佐智にとっては幸福だった。神様を信奉していた頃には、そのご意志が読めず、苦しかったことがあった。けれど今、佐智の毎日はただ平穏だ。

叶は確かに強引で、目的を果たすためならどんな非道な真似もする。それを佐智は身をもって知っている。けれど、叶はいつも佐智に言葉をくれる。その腕で抱き締めて、確かな体温をくれる。それが佐智には幸せなのだ。たとえ、昔の信奉に背くことになったとしても。

「佐智ちゃん、じゃあそろそろポーズ替えようか。膝立てたまんまソファに横になって。あ、シャツ、シャツは脱いでね」

「シャツ、脱ぐんですか？」

佐智は驚いて、思わずシャツの胸元を握り締めた。

「ど、どうしてですか？　だってこれ、脱いだら裸に……」

ずっと風景画ばかり描いていたので、人物画も練習しておきたいと晶に言われ、佐智はこの姿になった。けれどほとんど全裸に近いこの姿でずっと晶に見つめられているのは、とても恥ずかしかった。

「景色ばっかり描いて腕がなまったのかなあ、布一枚あるだけでどうにも勝手が違うみたいで、思ったように描けないんだ。大丈夫大丈夫、裸になっても誰も見てないから恥ずかしくないよ」

「あ…晶さんが見てるじゃないですか！」

「心外だな、俺は画家だよ。モデルが裸だからって、叶みたいにいやらしい視線で佐智ちゃんのこと見てると思う？」

「それは、お、思わないです」

叶からは毎夜のように、もっと恥ずかしいことをされている。詳しくはとても説明が出来ないようなことばかりだ。

「そう。じゃあ素直に言うこと聞いてくれるよね？　仰向《あおむ》けに寝そべって、足は、そうだな、少し開いて投げ出す感じで」

シャツを脱ぐのを嫌がるなんて、晶の純粋な創作意欲を汚《けが》すようなことをしたのかもしれない。申し訳なく思って、急いでシャツを脱いだ。エアコンが効いているから、全裸になっても決して寒くはないが、長椅子に横たわって肌を晒《さら》していると、やはり落ち着かない。

しかし、晶は真剣な眼差《まなざ》しで佐智を見ている。佐智の体を射抜いてしまいそうなほど、強い眼差しだ。言いたいことは何でもはっきり言うし、何をするにも一切怯《ひる》んだりしない。こんなに綺麗《きれい》な人が、自分に似ているなんてとんでもないと思う。

「佐智ちゃんの好物は何？」

尋ねられて、佐智は目を輝かせた。好きな物の話は、いつだって楽しい。この屋敷にいると、佐智はいつも美しいもの、可愛いもの、美味しいものに囲まれている。仕事で多忙な自分に代わって、佐智が少しでも幸せでいるようにという叶の配慮だ。気が付くと、佐智には好きな物がたくさん増えた。

「甘い物とかケーキとか、チョコも好きです」

「はは、やっぱりまだ子供だ。まだまだこれから成長するから、糖分が必要なんだよ」

「成長、まだ出来るんでしょうか。なんか、全然背が伸びてない気がするんです」

「焦らなくても今からだよ、佐智ちゃんが成長するの。骨格見てるとそんな感じ。ただ、俺とは違うタイプの容姿になると思うな」

「そうなんですか……？」

佐智にはその言葉が不思議だった。そもそも、佐智が叶に囚われたのは、佐智が晶に似ているることが理由だったからだ。

「うん。確かに俺が七つ若かったら佐智ちゃんにもっと似てると思う。だけど人の容姿は骨格や目鼻立ちが似てるから似てるっていうような、単純なものじゃないよ。容姿にはその人の人生や性格が出るっていうけど、俺も本当にそう思う。生き方が全部、表に出るんだ」

晶は、そんな風に人を観察しているのだ。絵画を生業《なりわい》にする晶は人物が醸し出す雰囲気には殊《こと》の外《ほか》敏感なのだろう。

「チョコと言えば、俺は世界で一番美味いチョコを食べたことがあるよ」

晶がそんな風に話し始めた。

「フランスの片田舎《かたいなか》を旅してた時、真夜中に道に迷ってさ。もう疲れて空腹でふらふらなのに、あっちは夜はあらゆる店が閉まっちゃって、どうしたものかと思ったら奇跡的に一軒だけ開いててさ。家族だけでやってるショコラの店で、そこで一口サイズのショコラをいくつか買った。それが信じられないくらい美味かったんだ」

佐智は目を見開き、晶の話を聞いていた。

「どういう製法なのか俺には全く分からないけど、口の中に入れると、途端にとろっと溶けるんだ。喉《のど》の奥に甘さがゆっくり流れ落ちる感じ。チョコレートってこんなだっけ⁉ って仰天したなあ。一欠片《ひとかけら》のチョコなのに、一瞬全身が痺《しび》れて陶然《とうぜん》としたよ。美味いものは、幸福を生むよな」

「……美味しそうです」

行儀が悪いと思いながらも、こくんと喉が鳴る。

「叶の誕生日には、料理じゃなくても、そういう顔してやるだけで大喜びだと思うけどな」

美味しいチョコレートを思い浮かべてうっとりとするその表情を、晶がしっかりと捕らえていたことには、佐智は気付かなかった。


ずい、とスケッチブックを差し出すと、執務机に着いて書類を眺めていた叶が怪訝《けげん》そうな顔をする。

「何だ、これは」

晶は横柄な態度で叶を促《うなが》した。

「もうじき誕生日なんだろ、俺からのプレゼントだ。受け取れ」

「お前から何か貰うと、高くつきそうで怖いな」

肩を竦《すく》め、スケッチブックを手に取る。表紙を開いて、おやと目を見開く。

そこには、この屋敷の居間で、長椅子にしどけなく横たわる叶の幼い恋人の姿が描かれていたからだ。

「本当に素直な子だよな。あの子には可哀想な話だけど、お前が手放せないでいる気持ちはよく分かるよ」

スケッチの間の佐智の様子を思い出すと、どうしても笑みがこぼれる。

最初、シャツ一枚着せていたときもどうしても落ち着かない様子だったのに、それを脱ぐよう言うと、あっさりと真っ赤になって狼狽《うろた》えて見せた。

裸でいるのは恥ずかしいが、拒めばスケッチの練習をしたいと考えている晶の気持ちを害するのではないか、と葛藤《かっとう》する様子が何とも可愛らしく、素知《そし》らぬふりをするのが一苦労だった。誕生日に喜んでもらえるよう、叶の好物も知りたいし、モデルとしての務めもきちんと果たしたい。

そう考えて必死でいる健気《けなげ》な様子に、不本意ながらも叶の気持ちが分かるような気がしたものだ。真っ白い肌が知らしめる気持ちの優しさや純真さもさることながら、それとは裏腹に、まだ幼いようでいて、夜の官能を知る肢体《したい》はたまらなく魅力的だ。そして晶の筆は、それを十分に表すことが出来る。

叶はじっとスケッチブックを眺めていた。

「……最近、仕事仕事であまり構ってやれてないいんだ。いきなりこんな姿を見せられるとなかなか目に毒だな」

そう言って、満足そうに長い足を組む。

この男の、これほど幸福そうな、穏やかな表情を見るのは晶には初めてのことで、内心かなり驚いた。天使を堕落させて手に入れた悪魔が、幸せに微笑している。今更だが、世の中とはまったく理不尽なものだと思う。

まあ、あの子が幸せなら、それで構いはしないが。

「貰っておくよ。どうやってこんな表情《かお》をさせたのかは、非常に気になるが」

「チョコレートみたいに甘い思いをさせてやれば、いくらでも見られるよ」

叶は意味が分からなかったようだが、教えてやることはない。

何のプランもご馳走《ちそう》もなくとも、誕生日を迎える恋人たちの夜は、きっと甘やかなものになるに違いないのだから。

あとがき

　こんにちは、または初めまして雪代鞠絵です。

『天使は夜に穢される』をお贈りいたします。以前ノベルズの形式で出版されたものですが、当時の私の趣味が満載になっており、今改めて見るとあれこれすご過ぎて、著者校などの作業中上半身が何度かねじ切れそうになりました。薔薇の茎とか…今思いつくことが出来るかどうか、自信がありません。

　でも（薔薇はともかく）女装とかゴスロリとかは今も相変わらず好きなんですよねー。レースとかフリルとか、やっぱり永遠の夢ですわ。一生纏うことはなさそうですが。単純に、きれいなものが大好きなんです！　大自然も偉大だと思いますが、人間が作った工芸品や芸術品はもちろん、人物も。人でも物でも何でも、きれいなものが持つパワーはすごい！　嫌なことがあって凹んでるときも、きれいなものを見たり触ったりすると、心が浄化されるのを感じます。なんか私、デトックスを求めてるんでしょうかね。

　さて、本編についてですが、可愛くて非力な佐智が主人公です。可愛くて非力なキャラは私が書かせていただいているお話では定番になっております。こういうタイプの主人公は、いろいろ可愛い恰好をさせたり美味しい物を食べさせたりで書いていて楽しいです。「可愛い恰好、美味しい物」のその資料を広げている私のＰＣの周りも幸せ感いっぱいになります！　買うだけで満足して資料としては使っていない料理の本とか服の本とか山ほどあるけど、断捨離とか絶対しないから私！

タイトル通り、天使をきっちり穢れさせていただきましたが、その後どうなるのでしょうか。晶みたいに、好きなことを好きなだけやるような生き方をしてもらいたいところです。叶に囚われているのが幸せというのなら、それもそれでありなのでしょうか。

美術商が登場するお話なので、作中に美術品のこととかあれこれ散りばめさせてありますが、楽しく読んでいただけますよう、演出として虚実入り乱れております。創作も多分に含まれますが、どうぞご容赦下さいませ。

さて、近況など。

ものすごくミニマムな話ですが、最近食わず嫌いを一つ克服しました。果物があんまり好きじゃなかったんですが、半年くらい前から毎朝、両手のひらに山盛り載るくらいの量のフルーツを食べるようになってから、体調がよくなって風邪をひかなくなりました。以前は風邪をひいては咳と鼻づまりに苦しめられたんですが、最近はほんと全然まったく。グレープフルーツ、キウイ、オレンジ、西瓜あたりを一緒にお皿に盛ると、彩りがきれいに収まります。ビタミンC効果なんですかかね？　半年前食べたもので体が作られる、みたいな話を聞いたこともあるので、食生活を変えた効果が今になって上手い具合に出て来たのかな〜と喜んでおります。

本作のとってもエロ可愛く煌びやかなイラストは、旭炬先生に描いていただきました。カバーイラストを拝見したんですが、その美しいことといったらほんとすご過ぎます。上品で繊細なのにきちんとエロいのがすごい……!! 文字しか書けない私には、いったいどうやったらこんなにすごいものが生み出されるのか不思議でなりません。旭炬先生、本当にありがとうございました! そして、いつも本当にお忙しい編集様。デトックスとリラックスを心がけてお体を大切に! フルーツもいいですよ〜、私が実証済みです。

最後に、この本をお手に取って下さった皆様に最大の感謝を。本作がノベルズとして出版された当時をご存知の読者様も、もしかしたらおられるでしょうか。紆余曲折がありましたが、何とか幸せに、楽しくお仕事させていただいております。これからも精進して参ります。よろしければどうぞまたお付き合いください。

それではまたどこかでお会い出来ますように。

雪代鞠絵

✦初出　天使は夜に穢される……………ラキア・スーパーエクストラ・ノベルズ
「サンクチュアリ」を改稿・改題
Un petit cadeau ……………書き下ろし

雪代鞠絵先生、旭炬先生へのお便り、本作品に関するご意見、ご感想などは
〒151-0051 東京都渋谷区千駄ヶ谷 4-9-7
幻冬舎コミックス　ルチル文庫「天使は夜に穢される」係まで。

幻冬舎ルチル文庫

天使は夜に穢《けが》される

2014年7月20日　第1刷発行

✦著者　雪代鞠絵　ゆきしろ まりえ

✦発行人　伊藤嘉彦

✦発行元　株式会社 幻冬舎コミックス
〒151-0051 東京都渋谷区千駄ヶ谷 4-9-7
電話 03(5411)6431［編集］

✦発売元　株式会社 幻冬舎
〒151-0051 東京都渋谷区千駄ヶ谷 4-9-7
電話 03(5411)6222［営業］
振替 00120-8-767643

✦印刷・製本所　中央精版印刷株式会社

✦検印廃止

ISBN978-4-344-83186-5　C0193　Printed in Japan

「幻冬舎ルチル文庫」
大好評発売中

発行● 幻冬舎コミックス　発売● 幻冬舎